リュイランは冷静な表情のままで、蹴り飛ばした。

「こんなんじゃ死なない。いや、死ねないから」

Ko Kawai
川井 昂
Illustration
四季童子

18 傭兵団の料理番

Youheidan no Ryouriban

『うまぁい』
リルさんが幸せそうに言った。

「タケノコとピーマンの
シャッキシャキの歯応えが、
濃い味付けの豚肉と
合わさって絶品」

ウーティンが椅子を倒しながら、
勢いよく立ち上がる。

『そろそろこいつ斬り殺してもええやろか？』

刀の鯉口を切る音がすげぇ鳴り続けてる。
クウガさんの顔は笑ってるけど、
青筋が浮かぶほど怒ってるのが怖いです。

「うん、美味しい」
リュイランはグラスをゆっくりと揺らした。
「リルも普段は寝酒はしない」
グラスを掴み、ちびちびと味わいながら飲み始めた。

「…そうか…そうだな」
ポート・フリップを
ガングレイブさんの前に出す。

傭兵団の料理番

INTRODUCTION

調理場の秩序が崩壊!?

ダイダラ砦(とりで)電撃戦の後、シュリとリルは互いの想いを確認し、恋人同士となった。
仲間たちとの再会、さらに異世界で出会った血を分けた姉リュイランとの交流に
喜びを噛(か)み締めるシュリだが、
彼らはリュイランからこの大陸の隠された秘密を聞くことに。
遥(はる)か昔、何が起きたのか。大陸の外にいる『敵』とは一体何なのか。
なぜ人間はサブラユ大陸に逃げ込まなければならなくなったのか。
そして、スイリンことグリィンベルバル・『ファースト』・アプラーダが
何者で、何をしたのか、全てが晒(さら)されることに。
ダイダラ砦を出て、ようやくスーニティへの帰還を果たしたシュリたち。
しかし、シュリは自分がいなくなったことによる影響を目(ま)の当たりにした。
いい加減な仕事をしていた者、仕事を投げ出した者、
それを放置した者がいて、シュリは全員を叱りつけて仕事をさせる。
さらに調理場の秩序までもが崩壊しており、ガーンを支えるように
頼んだフィンツェとミナフェがいなくなったことを聞いた
シュリは、二人を連れ戻すために再び動き出すのだった。

18

Youheidan no
Ryouriban

傭兵団の料理番

18

川井 昂

ヒーロー文庫

傭兵団の料理番 18

Youheidan no Ryouriban

illustration：四季童子

CONTENTS

イラスト／四季童子
装丁・本文デザイン／5GAS DESIGN STUDIO
校正／福島典子（東京出版サービスセンター）
DTP／伊大知桂子（主婦の友社）

この物語は、小説投稿サイト「小説家になろう」で
発表された同名作品に、書籍化にあたって
大幅に加筆修正を加えたフィクションです。
実在の人物・団体等とは関係ありません。

プロローグ　前編 〜シュリ〜

「クウガ……さん？」

目の前の現実に、頭が付いてこなかった。

サブラユ大陸最強と称してもいい四人……クウガさん、ミコトさん、ヒリュウさん、リュウファの『俺』さんが、たった一人の少女によって倒されている光景。

少女に抱きつかれたあと、首筋に何かされたクウガさんは、気絶して倒れた。

その少女とは、かつてフルムベルクで出会った、『神殿』の最高権力者である聖人アスデルシアさん。

それが突然、東緑藍（あずまリュイラン）と名乗って僕の姉だと言い張った。

この世界に来てから現実離れした光景はよく見てきたけど、あまりのことに現実逃避をしていたので、状況を整理しよう。

アユタ姫の砦（とりで）……ダイダラ砦を出てグランエンドの首都に帰ろうとしている中で、六天将（ろくてんしょう）の内の四人がアユタ姫を自分たちの手で首都に連れて行こうとした。

そこに王天（おうてん）のミコトさん、武天（ぶてん）のビカさんが現れて、さらにはガングレイブさんたちが僕を助けに来てくれた。結果、グランエンド側とアユタ姫側、ガングレイブさんたち、さらには突如現れて僕を誘拐しようとしたウーティンさんの、四つの勢力の戦いに発展してしまう。

最終的に僕はリルさんに助けられ、砦の広場に戻ってきた。

だが……そこにあったのが、最初の光景。

アスデルシアさ……いや、リュイランさんと呼べばいいのかな？　リュイランさんがここに現れて、いきなり下着と肌着という裸同然の姿になって、興奮したまま自身の刺青が消えていく様子を見せてきた。しかも腐っていた肉も元通りに。

僕に話した刺青の話は嘘であると言って、本当はただの誓いのようなものだと言って。

クウガさんたちをぶちのめして……。

「どうして……こんなことに……」

思わず呟く。もはやこの広場で戦おうとする人は誰もいません。毒気を抜かれたように、誰も彼もがリュイランさんを見て、固まっていました。

乾いた風が吹き、太陽の光がただただ降り注ぐ。土煙が僅かに巻き起こる程度の風。

誰も言葉を発しない中で、くるりとリュイランさんが振り向く。

「っ」

リルさんが僕の隣に立った。守ってくれる、ということなんだろう。エクレスさんとギングスさんも横に立ち、いざという時に備えてくれます。

「シュリ」

「はい」

「今度こそ、守るからね」

決意に満ちた顔で、エクレスさんが言ってくれました。あの日、リュウファの『俺』さんによって僕が連れ去られたときのことを、思い出しているような真剣な顔。

僕自身もただやられっぱなしになるわけにはいかないし、守られっぱなしでいるわけにはいきません。腰からナイフを抜いて両手で持つ。

同時に思い出すのは、戦場でアユタ姫を守るために神殿騎士を相手にナイフ一本で立ち向かおうとした、あの殺し合いの状況。

……あれ。

「うっ」

「っ⁉　シュリ！」

どうしたことだ、突然吐き気がしてくる。今までこんなことなかったのに、どうしてこんな。この世界に来た最初の頃のように、血まみれの兵士さんたちを見て気絶したような、恐怖と嫌悪感が体中を駆け巡る。

思わず片手で口元を押さえて吐き気を堪（こら）えつつ、ナイフをリュイランさんに向けた。

　リュイランさんは、悲しそうな目をして言った。

「シュリ。無理をしてはダメだよー。今の弟ちゃんには、加護が働いてないんだ。なんでかわからないけど、お母さんの加護が破壊されてる。だから精神的な症状が出てくる」

「……なんですって？」

「おかしいと思わなかったの？」

　こっちに一歩、近づいてくる。

「どうして、荒事の現場にいたことがないのに、戦場で心を壊さなかったのか」

　ざり、と素足で地面を踏みしめる。

「どうして、今まで衝撃的な体験や状況に陥ってしまっても、冷静に対処できていたか」

　どくん、どくんと心臓の音が大きくなっていく。耳に轟くように聞こえるため、周りの音が聞こえにくくなってきました。

「それはね、お母さんの加護が……シュリの心を守っていたんだよ。極度の緊張や負荷が精神にかかったとき、シュリの心を守るために何かしらの防衛本能を働かせるんだ」

　そうか、それが理由か。

「覚えが、あるだろ？」

　僕が戦争や戦闘に巻き込まれたときに、気絶するように眠り続けた理由がそれかっ！

　頭が冷えていく感覚がする。胸が苦しくなっていく。リュイランさんの言う内容が、よく理解できる。息が荒くなってしまう。

かつてのグルゴとバイキルのときをはじめとした気絶の理由は、母さんの加護のおかげだったのか。

そして、加護が壊れた理由。加護とはなんなのかがわかってしまう。

アユタ姫が僕にナイフを刺したときに、僕の体を癒やしたあとに明滅して消えた、背中の手形の魔文(マギ・プログラム)がそれなんだろうな。

さらに言ってしまえば、あれがいつの間に僕に刻まれたのかもわかってしまうのです。

僕が地球で、日本で、東京へ料理修業に行こうとしたときに、背中をぶっ叩(たた)いて叱咤激励(しったげきれい)してくれたことがありました。あのときにやりやがったんだな母さんは!!

「だから、つらいんでしょ？　悲しいんでしょ？　今にも吐きそうで倒れそうなほど？」

リュイランさんが、こちらを見透かしたように言う。青色の瞳が、僕の目を通して全てを把握しているかのような錯覚に襲われました。

なんというんだろうな。

舐(な)めるな、と。

「そうだけど。そうではあるんですけど。いつまでも、僕は弱くないので」

ぐ、と背筋を伸ばし、ナイフを鞘(さや)に納めて腕を組む。堂々とした態度で、リュイランさんを睨(にら)んだ。リルさんも、エクレスさんも、ギングスさんも、僕を心配そうに見ていたが、心配いらないと思ってくれたらしく、前を向いた。

僅か数秒だけ。リュイランさんの動きが止まる。場の緊張感が高まっていく。

——そのときだった。

「何をしてんだぁ!?」

突如として砦の上方、三階より大声で怒鳴る声。全員がそっちを見る。

なんとそこからビカさんが飛び降りて、リュイランさんに向かって行くじゃないか!

これには予想外すぎたのか、リュイランさんは笑っていた。

「ははは。嘘でしょ?」

乾いた笑いとともに、ビカさんを見据える。全員が上を向いていた。

「嘘じゃないよっ」

だから、下からの強襲に気づかなかった。誰もが視線を上に誘導されていたから。

スゥ、と地面に伏せるかの如き低い体勢から、四本の剣を扱う少女の姿。

両手に剣を持ち、さらに宙空に浮かぶ二本の剣をも自在に操る剣士だった。

「ミトスさんっ」

思わず声が出た。ヒリュウさんがここにいるから、オリトルの他の誰かが一緒にいるだろうとは思ってたけど、まさかミトスさんとは思わなかった。そこは魔剣騎士団の誰か……知ってるのはユーリさんだけだが、その辺りが来てるんじゃないかと。

ミトスさんの四本の剣は宙空を飛び、彼女はそれを自在に操ることができる。前に聞いたことがある。

リュイランさんが視線をミトスさんに合わせて微笑んだ。

「素晴らしいね。しかも、吾が失った剣を持ってる少女とは」

片足を上げて、

「運命を感じちゃうね」

にっこりと笑って、思いっきり地面を踏みつけた。

大きく舞い上がる土埃、震える地面と轟音。こちらまで届く衝撃波。

確かこれ、『震脚』という技じゃなかったっけ。日本にいた頃、そんな技を使ってるマンガを見たことがあります。

ただ、こんな災害レベルの震脚を使うのを目の前で見るのは初めてだし怖い！

「ぐっ！」

突如として土埃と衝撃波で視界を塞がれたミトスさんが足を止めた。同時に宙空の剣の動きも止まる。

「そうそう。『四死王剣』ベオウルフ……宙空で操る剣は自動操作じゃなくて、あくまでも手動操作なんだよ。魔力の糸で繋いで命令を出して操作する。だから、本人からの命令が途絶えると、同時に止まっちゃうんだよ、それ」

次にリュイランさんは顔を上に向ける。すでにビカさんがすぐ傍まで迫っていて、踵落としの体勢で強襲する。脳天めがけてビカさんの左踵が迫っていく。

そして、振り抜かれる踵落とし。ゴッ、と鈍い音がリュイランさんの脳天より響く。体を前倒しにして俯くリュイランさん。

ビカさんは油断なく後方へ跳躍し、距離を取った。クリーンヒット、高所より叩き込まれた踵落としだ。

「……ちっ。ダメだぁ、こりゃあ」

ビカさんが苦しそうな顔をして言った。

「逆に俺の踵が割られるたぁ、どういう石頭だ、あんたぁ？」

僅かに左踵を上げていたビカさんだったが、踵から夥しい量の流血が！　痛そうな顔をするビカさんだけど、左のつま先を上げ下げして調子を確かめていた。

「……少し速さは落ちるが、戦闘続行は可能だなぁ」

冷や汗を流しながら呟くビカさん。

リュイランさんはというと、

「おお……凄い。なかなか痛かった」

体を起こし、笑顔のまま脳天をさするだけでした。

「でも、あっちの四人と比べると一番痛くない。痛くないけど、痛いのは間違いない。君もなかなかやるね。吾、褒めちゃう」

「ああ、そうかぁ……」

複雑そうな顔で返答するビカさん。そりゃそうだ、褒められてても、肝心のダメージが敵にはない。リュイランさんはピンピンしてる。

そこでもう一度、リュイランさんは周りを見る。

「さて、皆々様。ここまでにしようじゃないか？」

よく通る声で、続ける。

「吾は弟ちゃんを、シュリを迎えに来ただけだ。そして、シュリを連れて帰っても君たちは追ってくるだろう。延々と、延々と追ってくる。だが、見たとおりだ」

拳を握りしめ、

「吾はこの場にいる全員が束になっても勝てるほど強い。君たちが抵抗しても、無駄だ。抵抗するなら殺して、シュリを連れて帰るだけ。でも、だ。吾とて半分、人ではないが……一応半分は人なので、人の心はあるつもりだよ」

「結局どっちなの？」

「んー弟ちゃん、真剣な話をしてるときにそのツッコミはやめとこうか？」

いかん、悪いクセが出た。リュイランさんがジト目でこっちを見てくる。

お口チャック。何も言いませんよのアピールをしておきます。さすがのリルさんも「おいこいつ、こんな状況でツッコむとはマジか？」みたいな顔をしていましたし。

僕の様子を見て納得したのか、リュイランさんは咳払いを一つしてから言った。

「そこでだ、この場はもうこれで終わりにしない？　ここから逃げようとしている者がいるのならば、追うことはしない。伏兵などいないし、だまし討ちもしない。どうかな？」

「それを誰が信じる？」

疑問を口にしたのは……確か、師天のマルカセさん、だったか？　ガングレイブさんと戦っていたらしいマルカセさんは、傷だらけの体のまま呆れた顔をして言う。

「好き勝手できる立場のあなただ。『神殿』の権力を使うことも、個人の暴力を使うことも、あなたの気分次第だ。何を以てその提案を安心して呑めと？」

「君たちは安心を得られる立場じゃない。吾が与えた慈悲が完遂されることを、震えながら祈る立場だ」

リュイランさんの冷たい目が、マルカセさんへ向けられる。

「吾の今の気持ちの天秤が『見逃してやってもいいかな？　弟ちゃんと一緒にいたいし、面倒くさい』という方向に傾いてる間に決断しなければ、『面倒くさくても弟ちゃんの障害になるんだったら殺しといた方がいいかな』に傾いちゃうよ？」

一歩、マルカセさんの方に進むリュイランさん。ズドン、と場の空気が重くなる。

マルカセさんは余裕の表情だが、顎に手を当てて考えている様子。傍にいるガングレイブさんなんかは、剣を構えて警戒心丸出しなのに。

一歩、また一歩とマルカセさんに近づくリュイランさん。あと三歩でリュイランさんが飛びかかれるだろう距離まで近づいたとき、マルカセさんは持っていたナイフを腰の鞘に納める。

そして両手を挙げて、降参の意を示した。

「わかりました、聖人アスデルシア様。ここは引くこととしましょう」

「お、わかってくれた？」

「ええ。ここであなたに暴れられては、この場ではどうしようもない。六天将の長、王天のミコトでさえもあなたに敵わなかった。グランエンド最強と言われるリュウファですらあなたに剣を届かせられなかった。魔剣騎士団団長のヒリュウではあなたを殺せない。そして……」

マルカセさんの視線が、クウガさんに向けられる。

「敵として戦うなら最悪であるクウガの一撃でも、あなたを斬れなかった。ならば、この場で一番の暴力を持つあなたに従うしかない」

「わかればよし」

「アユタ姫様を連れて行くことを、許していただけますか？」

　マルカセさんの質問に、リュイランさんは明らかに不機嫌な顔をする。

「吾の条件は『この場から逃げるなら追わない』だ。屁理屈を言えば『この場から逃げる意思がないなら吾の裁量次第』ってこと。自分から逃げる意思がない奴を、逃げる奴が連れ去ることは許さない」

「なるほど、まさしく屁理屈。それでは信頼を損ねますよ？」

「そこを譲ったら、弟ちゃん連れて行かれるから」

　マルカセさんとリュイランさんの視線が交差する。マルカセさんは、どこまでリュイランさんの意思を曲げられるか、自分の裁量の範囲でどこまで交渉できるかを量ってる様子です。

　十秒くらいの沈黙の後、マルカセさんが大きく溜め息をついた。

「わかりました。言うとおりにしましょう。あなたの機嫌が良いうちに」

「うむ、そうしなよ」

「でも、一つだけよろしいですか？　いや、これは交渉でもお願いでもなく……忠告です」

　ビキ、と場の空気が凍る。

「……聞こうかな？」

「暴力で好き勝手やった人間は、将来暴力で殺される。さて、あなたはどんなふうに死ぬのかな？　自分以上の暴力で惨く殺されるか、集団の暴力で嬲り殺しにされるか……あるいは、恐怖に駆られた民衆の暴力によって、炎に焼かれるようにして死ぬのかな？」

二人の間に、先ほど以上の混沌とした空気が漂う。一歩間違えば、いや、半歩でも間違えば殺されるような状況だ。

なぜマルカセさんはそんなことを今言うんだ？　単なる意趣返し？　それとも何か意味が？　ダメだ、僕にはわからない。けども、今はリュイランさんが怖い。

どういうふうに怒るか、キレるか、暴れるか？

みんながリュイランさんの動向から、目を離せない。どうするつもりか？

「できれば家族の近くで死にたいね。長く生きすぎたことだし、家族に看取られて死ねるなら本望だ。元々、それを目的に活動してたから」

あっけらかんと答えてしまう。本人にとってそれは当たり前で、昔からの目標であったような穏やかな様子でした。

悲しくなる。胸が苦しくなる。

この人は、アスデルシアさんは、リュイランさんは……姉さんは……。

予想外の返答だったのか、マルカセさんは目を丸くして立ち尽くしていた。

ジッとリュイランさんを観察し、返答に嘘がないか推し量っている。こんな返答がこんな少女から出るものか？　本心からの言葉なのか？

「そうですか」

答えを出せなかったらしいマルカセさんは、悔しそうだった。

「では、これから僕と『グランエンドに逃げる』つもりの人は『勝手に付いてきて』ください。一応、守りますから」

「では、ワシもこれで帰るか」

オルトロスさんの近くにいた……確か、ベンカクさんだったか？　巨体を揺らしながら歩き出す。

「ワシはあくまでも、グランエンドに仕えている者だ。アユタ姫様だけに心酔しているわけではない」

「なんだとてめぇ？」

この言葉を無視できなかったのか、ネギシさんがベンカクさんを睨む。傍にいたカグヤさんは呆れ果てていた。この場は黙って行かせるのが正解なのに、て感じ。

「ふざけんなよベンカク。法を守るって言ったって、姫様が死んだら、いなくなったらどうにもならねぇだろうがっ。何を考えてやがるっ」

「だからこその『法』なのだ」

しかし、ベンカクさんはネギシさんの方を見ることはなかった。

「グランエンドに必要なものは絶対的指導者ではない。指導者と、民と、権力と暴力を制御する『法』なのだ。皆が皆、自省を持って生きているわけではない。だからこそ、絶対の法が、決まりが必要なのだ。姫様はその決まりの中の仕組み……歯車の一つにすぎない。ワシは歯車をまとめる機構に対して忠誠を誓っている」

「貴様っ」

「やめろ、ネギシ」

今にも襲いかかりそうなネギシさんを剣で止めたのは、コフルイさんだった。ネギシさんの胸の前に剣を出して、動きを止めていた。

「法天（ほうてん）であるベンカクの言い分は極端だが、正しい。儂（わし）とて、暴君に忠誠を誓うことなどできぬ。無秩序や無法を相手に忠臣として仕えることなどできん」

「コフルイっ」

「しかしな、ベンカク」

ぎろり、とコフルイさんの目がベンカクさんへと向けられる。強い怒りがこもった目。

「人は、自分にとって大切な主（あるじ）を貶（けな）されれば、猟犬として牙を向けるのだぞ」

「法に従う人ではなく、人に従う犬となるか、コフルイ？」

「文字の羅列による形のない概念なんぞより、儂は幼い頃から見守ってきた姫様の方が大事だ」

二人の間にも険悪な空気が流れていく。もういい加減にしてくれよ、って、テグさんが明らかに不貞腐（ふてくさ）れてた。

もうこの場は、戦う雰囲気は全くない。リュイランさんの登場と活躍によって、戦意がある人はこの場にはいない。

だが、個人の間の争いというか、喧嘩による険悪な空気は作れる。後々に禍根を残すようなことは、僕としてもやめてほしいなって……。

「やめよう。そろそろリュイランが暴れる」

「そうだな」

でも、二人はあっさりと引き下がる。

「……帰ってこいコフルイ。お前とならワシの目指す法が作れる」

「言ったはずだ、絶対の法はない。時代に合わせた性悪説と性善説を客観的に見て考えるしかないのだ」

「……そういう考えができるお前だからこそ、欲しかったのだがな」

残念そうに、ベンカクさんはマルカセさんと共に去って行く。二人の後ろ姿を見て、なんとアユタ姫の部下だった人が十数人、合流した。兵士も文官も、だ
……あの人たち、スパイだったのか？　ネギシさんとコフルイさんが複雑な表情をしていた。

「コフルイ。これ、どう考えるべきだ？」

「姫様にとっての内憂外患を絶つことができた。そう考えるべきだ」

二人の思いの全てを察することはできないが、寂しそうってのだけはわかった。

そうして静かになった広場にて、残った面々を見てリュイランさんは手を大きく叩く。

手を打ち鳴らす大きな音。

「さぁさぁ！　ダイダラ砦の戦争はこれにて終わりだ！　もう殺し合う必要はないから
さ、戦後処理と行こうか！」

フッと、場の空気が緩んだのがわかりました。僕も膝から力が抜けて、ガクンと崩れ落
ちそうになる。

さすがに疲労が溜まっていました。疲れた、本当に。

でも、ようやく終わったんだ。これで、帰れる。

「リルさん」

「なに？」

「ただいま帰りました」

……長い長い旅は終わった。リュウファこと『俺』さんに誘拐され、グランエンドに行
き、ウィゲユこと篠目と再会して、織田信長に話を聞いて、ここに連れてこられ、アユタ
姫たちに良くしてもらった。

そして、今ようやく、リルさんと一緒にいる。

ガングレイブさんの元へ、帰ることができる。

「うん。お帰り」

　――ドズッ。

「はい、これで、一緒、にっ？」

　言葉が詰まる。背中が熱い。腰の辺りに、灼熱が走る。

　そして一瞬遅れてやってきたのは、熱と凍え。あと、動けなくなるほどの痛み。体中が硬直し、力が抜けていく。まともに体が動かせない。

　腰から、熱い何かが流れてる感覚がした。同時に、体中の熱が逃げていく。

　震えながら後ろを向けば……そこにいたのは、ローケイ、だった。

「ははは……アタシ様を舐めた報いだ。目の前で好きな男を殺されろっ」

　何で、刺された？　腰の辺りに、鋭い何かが。視線を落とすと、なんとローケイの手が結晶化してる。結晶化した手を鋭く尖らせて、僕の腰を刺した、のか。

「え、シュリ？」

「あ、え」

　リルさんが目を見開いている。僕の口から流れたものを見て、固まっている。手で拭うと、そこには血が。

　ここでようやく全ての状況を察した。僕は、ローケイに刺されている、殺されかけている！　こいつの言葉からして、次に狙うのは!!

「そんで、好きな男の前で死ね!!」

ズグリ、と僕の腰から結晶が抜かれる。出血が激しくなったのがわかった。急激に体温と意識が抜けていくのがわかってしまう。

誰かが叫んだ。こっちを見て叫んでる。何人かが、僕を見てっ。

「シュリ!!」

目に映ったのはガングレイブさんだった。こっちに向かって走ってきている。必死の形相で全力疾走。

ガングレイブさんの姿を見て、ようやくこの場の全員が僕に何が起こったのか気づいてくれたらしい。必死の形相でこっちに向かってくれている。

でも、間に合わない。このままだと。

「リルぅぅぅううううあああああ!!」

ローケィが僕の背中を押して盾にしながら、リルさんに結晶を刺そうとしている。

リルさんは、ローケィがここにいること、その手が結晶化していること、それを僕に刺したこと、次に自分を刺そうとしていること、あまりに多くの情報が目の前に出てきたせいで、動けず固まってしまっていた。

ダメだ、このままだとリルさんが殺される。死なせるわけにはいかない。ダメだ。

それはダメなのです。

「くっ」

無理やり体を捻り、ローケィと向かい合う。その間に、背中でブチブチと何かが切れる音が体内を伝い、不快なほど耳に響いてくる。

生きるのに大切な何かを、ことごとく自分で壊してしまったのはわかった。でも、

「しゅ」

「リルさん!!」

僕は精いっぱいの力でリルさんを突き飛ばす。リルさんは尻餅をつく形で倒れていき、僕はリルさんとローケィの間に体を差し込んだ。これで、守れる。

ザブリ、と腹部に結晶が刺さることにはなったけど。コレで、ヨい。

「邪魔だ、バカ男！」

ローケィは邪魔されたことに怒り、僕を突き飛ばす。腹から結晶が抜けた。

悲鳴が、遠く聞こえる。走ってくる人が、増える。

「ギングス！」

「何やってんだてめぇ!!」

ああ、そういえば。そういえば近くにエクレスさんとギングスさんが、いたな。忘れてた。二人とも、突然の凶行に体が固まってたのか。

倒れる直前に見たのは、ギングスさんによって横っ面をぶん殴られたローケィ。ぶっ飛

んで、そのままエクレスさんとギングスさんに押し倒されて拘束されているところだ。

それだけを認識したら仰向けに倒れ、痛みで体が動かなくなる。いつ以来だろうか、この感覚。前にも似たようなことがあった気がする。

誰かを守ろうとして。誰かの代わりに。

「シュリ！」

瞼(まぶた)が重くなっていたところに、リルさんの声が届く。意識が途切れる直前に彼女の声が聞こえたから、なんとか目を覚ますことができた。

泣いている。リルさんが僕に取りすがり、大粒の涙をこぼして泣いている。

大丈夫、いつものことだと強がろうとしても、口が動かない。動いても喉に、肺に力が入らないから声が出ない。

思いを伝えられない。困った、言葉にならない。

「シュリ、シュリが!!」

「しっかりするぇ、シュリ！　カグヤ！」

「お待ちを……これは……」

アサギさんとカグヤさんが目に映る。必死そうなアサギさんだったが、カグヤさんがつらそうに顔を逸(そ)らしたことで、全てを察したようだ。

そうだ。これは、もう、無理だ。助からない。

「お、とうと、ちゃん？」

リュイランさんの声も聞こえてきた。驚いているのが、わかる。

「嘘でしょ？　ようやく再会したのに？　なんで？　なんでこんなことになるの？」

近づく音が聞こえる。誰も彼もが、僕の傍に近寄ってくれてる。

ああ、ありがたい。ありがたいな、僕の人生は。こうやって、悲しんでもらえて、みんなに看取ってもらえるような人生だったのか。

必死に口を動かす。でも、言葉が出てこない。あと一言、一言だけで、いい。言わせてほしいことがあるんだ。

ふと、視界の端に金色の髪が見えた。ガングレイブさんだ。ガングレイブさんが、放心状態でこっちを見ている。ああ、言わないといけない。息を吸って、口を開く。

「ありがとう」

助けてくれてありがとう。

一緒にいてくれてありがとう。

親友と言ってくれてありがとう。

楽しい人生だったからありがとう。

感謝を込めてありがとうございました。

あぁ、良い人生だったな。本当に。

見も知らぬ世界に来たけれども。
たくさんの友達ができたから。
好きな女性に思いを伝えた。
彼女も好きと答えてくれた。
これで良かったんだな。
良かったんだろうね。
ああ、眠くなった。
後悔はもうない。
これで、十分。
十分だから。
さてさて。
では皆。
「じゃ」
ね。

プロローグ　後編　～リル～

シュリが目を閉じた。眠っているようにしか見えない。

このままだと死ぬのは間違いない。放置なんてできない。無理だ、そんなの無理。

ここまできて、シュリを失うのは無理だ。

「カグヤ！」

ダイダラ砦の広場にて、医療の知識があるのはカグヤだけだ。リルは叫んだ。

急いでシュリのお腹と背中を見るカグヤだが、つらそうに目を背ける。アサギはその様子を見て絶望した顔に。

まさか、嘘でしょ？

「……カグヤ‼」

「……ここでは、治療できません。その、仮に道具と場所があっても、助かるか……」

言葉の意味を理解しようとして、拒絶する。認めてたまるかっ。

リルはリュイランの方を見て叫ぶ。

「お前！　お前は、なんか凄いんだろう！　何か、何かできないのか⁉」

「え、あ、待ってて！」

リュイランはシュリの傍(そば)に近づくと、負傷箇所である腰には右手を、腹部には左手を添えた。すると、両手から淡い光が放たれたではないか。

「回復……魔法……!?　バカな、そんなものがあるわけっ」

「そうだね、カグヤとやら。回復魔法というのはない。だから医療技術は廃(すた)れていない」

リュイランは額に汗を流しながら続ける。

「それに、吾(われ)が使ってるのは魔法じゃない。正確には、これは『神域封界』という能力だよ」

「『神域封界』？」

「君たちが『賢人魔法』と呼ぶものの本当の名称だ。君たちの使う魔法、魔工とは根本から違うものだよ」

……賢人魔法!?　その名称を聞き、リルは思わず目を見開いた。

賢人魔法はかつて、大昔に存在したモノ。今では誰も使うことができないとされている。

それが今、目の前にっ。淡い光はリュイランの手からシュリの負傷箇所に注がれてた。

「細かい話は後にしよう。今は……弟を、シュリを、助けるっ」

リュイランが頑張っているおかげか、みるみるうちに傷は塞がっていく。だが、だけどっ。これではっ。

「久しぶりに使うから……傷を塞ぐのが遅い……！　出血、しすぎちゃう……！」

「そんなっ！　じゃあ」

ボンッ。

リルが言おうとしたとき、砦の方から爆発音。思わずこの場にいる全員が振り向くと、砦の壁を爆破して中から人が出てきた。

アーリウスだ。爆破した壁から後方跳躍により出てきて、着地。荒い息を吐きながら、壁の向こう側へ両手の杖を向けていた。

頬には煤の跡、右手の人差し指が折られてあらぬ方向を向いている。

「アーリウス!?」

ガングレイブが立ち上がり、アーリウスの方に駆ける。その後に続いてテグが走った。

アーリウスの両側に立った二人が、壁の向こう側に目を向ける。誰が、出てくる？

「大丈夫か、アーリウス!?」

「ああ、すみません、突然そいつが現れたと思ったら襲いかかってきて……!!」

「なんだとっ？」

三人が壁の向こう側を警戒する。がり、と向こう側で音がした。誰かいる。確かに!?

でも、いつまで経っても出てこない。再び、がり、と音がしてから去って行く足音が聞こえた。こっちに姿を現さないようにしたらしい。

アーリウスとテグが安堵の息を吐いた。

「なんスか、あいつ？」

「わかりません……私がガングレイブの援護に行こうとしたら、人の気配の隙間を縫うように出てきたんです。一方的に私を掴もうとしたので魔法で抵抗したのですが、この通り。魔法の間隙を縫って掴まれた指を、一瞬で折られました」

「何がしたかったんスか⁇」

「わかりません。殺そうとしても、魔法を躱されて……魔法士相手の戦いに慣れてた？」

アーリウスとテグが何か話し合いながら、こっちへ歩いてくる。だが、ガングレイブだけはその場で立ち尽くして、驚愕の表情を浮かべていた。

「……なんで、だ？」

ガングレイブは、何を見た？　何を見て、あんな顔を？　いや、それは後！

「シュリは！」

「傷は塞いだ、けど、出血量が……！　血が足りないかも……！」

リュイランが汗だくの顔で、息を切らしながら答えた。シュリの出血は止まり、傷も、確かに塞がってる。でもシュリの顔が真っ青だ！

「っ⁉　シュリ⁉　どうしました、シュリ⁉」

「シュリは、大丈夫っスか⁉」

シュリの容態に気づいたアーリウスが慌ててこっちに来る。ガングレイブとテグも同様だ。シュリの様子を見て、声を張り上げる。

「急いでシュリを連れて帰るぞ!!　オルトロス、背負えるか!?」

「平気よ、こんな殴られた傷程度！」

呼びかけに対して、オルトロスが鼻血を拭って勢いよく答える。よく見たら、凄(すご)く殴られた痕が体中にあるから、相当やられたっぽい。

「俺はアドラを探してくるっ。あいつ、どこで何をしてんだ！　見つけたら追いかけるから、先に行け！」

ガーンはここにいないアドラを探しに走り出す。

「よし、俺たちはすぐに出発だっ。二人は後から追いついてくる、俺はクウガを背負っていく、以上だ、急げ！」

「ま、待てっ」

動こうとしたリルたちをアユタが止めた。

「それなら、ここでもう少し休め。アユタたちはグランエンドに向かう、ここは留守にする。破壊されているが、落ち着いて安静にする場所くらい」

「嫌だ」

アユタの申し出に、リルは低い声で応える。

「お前がいた砦(とりで)なんて、シュリが閉じ込められていた場所なんて。瞬き一回だけする時間でもいたくないんだよ」

「あっ？」

「ワタクシとしては、ここでシュリを安静に保てるなら、それを推奨します」

「それは『当方』が許さないわ」

背筋に寒気が走る。この場にいる誰でもない、妙齢の女性の声が聞こえた。

地の底から響いてくるような、憎悪に染まった怒りの声。どこだ、どこから聞こえてくる？　リルたち全員が辺りを見回しても、誰もその声に該当する人はいない。

「その男は、ここで殺す。蒼ちゃんの子ではあるが、グリィンベルバルのガキでもある。『当方』は、グリィンベルバルの血筋全てを根絶やしにせねばならんのだ」

「っ⁉」

ビカがバッ、と声のした方へ向かって跳躍。方向は……倒れているリュウファの方向。

リュウファの頭部目掛けて、左の踵を使った踏み潰し！　味方のはずのリュウファを殺そうとする技だ。

だが、リュウファの体が動いた。器用に転がりながら、右手だけで逆立ちして止まる。

こっちからでは顔が見えない。

あいつ、なんで？　なんでだ。リュイランの一撃で気絶してたはずじゃないのか。それとも、別人格？

「おめぇ、誰だぁ？　『俺』でも『僕』でもねぇ、『うち』でもねぇ。『小生』、『儂』、『私』でもねぇ。誰だ？」

「その声……」

ビカが質問する中で、リュイランの目が驚愕のあまり見開かれた。

す、とリュウファ……らしき人物が逆立ちをやめて両足で立つ。俯いたままで両手で髪の毛を一気に掻き上げた。

その下に現れた顔は、全く別人。『俺』でも『うち』でもない、別の誰か。

髪の毛も色が変化していく。金髪のウェーブのかかった髪で、僅かに赤みがかってい た。顔つきはのんびりとした雰囲気の垂れ目と垂れ眉、形の良い鼻。常に微笑んでいるかのように口角が緩く上がっている唇。瞳もまた、金色のそれ。

なんだろう、どことなく誰かを彷彿とさせるが……。体つきは細くなり、背丈も小さくなった。アーリウスよりも細く、小さな体躯。まるで少女のようなそれ。

少女は、転がっていたリュウファの剣を取る。持ち主の特性に合わせて変化する剣に現れた刀身は深緑色で、幅は狭くて細身だが太さのある、反りのある片刃大刀。少女の身長ほどもあるそれを、なんなく振るった。

「うん、リュウファのおかげだわ。今の『当方』は、六尽流全ての力を束ねることができてる。これなら、リュイランもサブラユも、あのバケモノどもも全て殺せるわ」

「……誰だぁ、お前」

ビカはさらに油断なく質問を重ねる。

だが、少女は興味なさそうにこっちを向いた。いや、真っ直ぐにシュリを見ている。

「ああ、やっぱり蒼ちゃんの面影がある。殺すのは惜しい、けど……あのクソ女の面影もある。心苦しいけど、やらなきゃだわ」

「お前、誰だぁ！」

「うるさいわ。『当方』が出ていられる時間は少ないんだから、後にして」

突如現れた少女だったが、周りの言葉を意に介することなく歩き出す。

「！」

アユタとカグヤが立ち、リルたちの前に出る。テグとアーリウス、ガングレイブも少女の後ろへ回り、ビカは横へ、オルトロスとアサギは反対側に。

少女を囲む形で戦意が高まっていく。何かあればすぐに飛びかかれるように、と。

ここで少女が大きく溜め息をついた。

「で？　どうするのだわ？　リュイラン。久しぶりの再会なのに、何も言わないの？」

「お前ぇぇ!!」

がば、とリュイランが立ち上がる。

「お前、まさか、まさかリュウファくんの中にずっと潜んでたのか!!　おかしいと思っていた。リュウファくんがあの時のことを、死にかかったせいで仲間を守れなかったと悔やみ、命からがら助かった結果そうなってしまった体を憎々しく思ってたのに！　嬉々として利用しているなんておかしいと思ったんだ!!」

「おかしくないわ。リュウファは力を求めてたし、二度と同じことを起こしたくないって努力してたもの」

「それだけじゃない、吾(われ)を見たときのリュウファくんがまるで初対面のそれだったのは、お前が何かしたんだろ!!　記憶でも奪ったか!?　同化するときに主導権を奪ったか！　答えろ、ガンリュウ!!」

リュイランがガンリュウと呼ばれた少女に一歩、向かって行く。二人の間に濃密な殺気が広がっていく。

あと少し。あと少しで二人の戦闘が始まる。あれだけの戦闘力を持つリュイランと、リュイランを前にしても気負いも緊張も何もないガンリュウ。

どうすればいい、リルとしてはここでシュリを連れて逃げるべきだ。シュリの姉を名乗るリュイランことアスデルシアに、突如現れた謎の少女。

場が混沌(こんとん)としていく。あまりの事態の変異に、反応できず立ち尽くすばかりの者がほとんどだ。

そのとき、だった。ごそ、とシュリが動いた。

「ふわぁ〜……んぅ？　此方(こなた)が起きる事態になるってことは……」

シュリが、いや、違う。『誰か』が、起きた。

「ん〜？　おや、ガンリュウとリュイランじゃないか。元気にしてた？」

体を起こし、立ち上がる。首をコキコキと鳴らしながらおちゃらけた口調で話す言葉は、間違いなくシュリの口から出ている。

でも、違う。声が別人だ。まるで女性のような、全く違う声。

閉じられていた目が開く。その下に現れたのは。

「久しぶり。友人(ガンリュウ)と愛娘(リュイラン)ちゃん」

雲一つない空よりも、さらに濃くて鮮やかな青空の色の瞳だった。

場の空気が凍る。誰も何も言えない。

こいつ、誰だ？　誰なんだ。

「お前……誰？」

リルは震える声で聞いた。シュリの体を乗っ取って表に出ているこいつは、何者だ？

今までのシュリの雰囲気から逸脱しすぎている。まるで超然とした別種の生き物。

リュイランとガンリュウが、シュリを見て驚愕(きょうがく)のまま固まっていた。他のみんなも、言葉が出せずにいる。

謎の人物は、リルの質問を無視して腕を組み、悩み始めた。

「……？　おーい、二人ともどうしたの～？　おかしいな……此方の魔字（マギ・スペル）に狂いがあったかな？　意思が伝わってないかな？　進化災害から黄金時代、理想郷計画、星渡り計画、人類解放戦線、ガンの殿隊（しんがりたい）、開拓時代、異世界渡りといろいろ経験して生きてきたけど……鈍（なま）ったかな？」

「おまええええぇぇぇええええ!!　グリィンベルバルぅぅぅうううう!!」

「わぁー待った待った！」

ガンリュウが剣を構えて突っ込もうとした直前、体を乗っ取られたシュリらしき人物が手を前に出して慌てていた。

「此方は加護の中に仕込んでた分体意識なだけで、本人じゃないよ!!　朱里（しゅり）が本当に危ないときにだけ表に出てこられる、デコイ人格なだけ！　本体はここにいないから！」

「関係あるかぁぁああ!!　グリィンベルバル・『ファースト』・アプラーダぁぁああ!!

お前がここにいるだけで、『当方』がお前を斬る理由に値する!!」

「体は朱里のものだから、斬られたら死んじゃうよ!!　戦えないし！」

「都合がいい、ここで死ね!!」

ガンリュウは腰だめに剣を構え、こっちに突っ込もうとしている。一触即発、止めることは誰にもできそうにない。

止めることができそうなクウガたちは全員気絶してるし……！　どうすればいい！

だが、緊迫した空気の中、唐突にシュリらしき人物がよそ見をした。

「あれ？　その娘って」

視線の先にいるのは、ずっとギングスに押さえ付けられてるローケィで、苦しげな様子でこっちを見ている。ギングスはこの混沌（こんとん）の状況において困惑しつつも、拘束を緩めない。

だが、シュリらしき人物の視線はローケィではなく、正確に言えば結晶となった手に注がれていた。

空色の瞳から注がれる視線が、少し細くなる。

「……まさか。そこの君、もしかして魔法と魔工、どっちも使える？」

「あぁ!?　アタシ様を舐（な）めるなよ、当然だろうが!!」

やっぱりか、こいつ魔法も魔工も使えたのか!!　周りのみんなが困惑する状況で、さらなる発言だ。普通の人間には魔法と魔工の両方を使うことはできないのに。

リルがローケィと相対したとき、違和感はあったんだ。魔工を使ってる様子はない、かといって身に着けてるものに魔工が施されたものはなさそうだった、炎を撒（ま）き散らす魔工道具の存在は確認できなかった。

さきほどリルに使ってきた、腕を伸ばすだけで炎を撒（ま）き散らす魔工道具なんて、どこに仕込んでたのかわからなかった。

でも、魔法も魔工も使えるなら、ただ単に魔法を使っただけってわかる。魔工を使うと見せかけて、魔法でリルを仕留めに来たんだろう。

まぁ、実戦経験がなさすぎて倒すのは簡単だったけど。

でも、それを確認する理由は何だ。どうやってシュリらしき人物はそれを確認した？

「そっか。ねぇガンリュウ」

「言わなくてもわかるのだわ。分体のお前は後で殺すとしても」

シュリらしき人物とガンリュウは、互いに何かを汲み取ったらしい。頷き合うと、ガンリュウはローケィの方へ足を向けた。

「先に、そこの『魔身れ』候補を殺さないとな。『敵』になる可能性があるわ」

「ちょっと待った!!」

さすがに、さすがに場が混沌として、誰もついて行けない状況になってきた。耐えきれず、リルがそれを制してしまっていた。思わず止めちゃった。

全員がリルの方を見る。何か言わないといけないが、何から言えばいいんだ？

少しの間、沈黙してしまう。

「失礼、そこの……えっと、グリィンベルバル殿、でよろしいか？」

最初に声を出したのが、ガングレイブだった。ガングレイブはシュリらしき人物……グリインベルバル？　とガンリュウとリュイランの三人へ、丁寧に意識を向けながら言った。

「まずあなたへの質問を。あなたは何者だ？」

「此方(こなた)？　此方は東翠鈴(あずまスイリン)だよ。グリィンベルバルは捨てた名前だからやめてほしいな」

「え？　ああ、えと、スイリン殿？　でよろしいか。では次に、その……ガンリュウ殿、でよいでしょうか？」

ガングレイブは何がしたい？　せっかく三人が行動を止めて話に耳を傾けている状況なのに、そんな質問でいいの？

「あなたはリュウファ……『俺』の体に共生する人格ということで？　他の者と同じ」

「少し違うのだわ。元々この体はリュウファのものだけど、リュウファは酷(ひど)い怪我(けが)を負っていた。それを治す意味でも、いくつかの臓器や重要な部分には『当方』の体が使われている。半分近くは『当方』の体でもあるわ」

なんだ、なんの意味がある質問なんだ。意味がわからない。わからないから、ガンリュウもシュリらしき人物ことスイリン？　も動かない。

「では、リュイラン殿。シュリがあなたの弟であることは、間違いないので？」

「間違いないよ。吾(われ)にはわかる。今までもそういった繋(つな)がりを察知しようとしてきた。でも、わかったのはついさっき。多分、母さんが施した何かが原因だと思う」

「そう、ですか」

三人への質問が終わる。再び、沈黙。誰も何も言わない。

ガングレイブは考え込んでいるらしい。次に何を質問するか考えているようだ。何をしたいのかわからない。何かを確認したガングレイブが口を開く。

「時間稼ぎはしたぞ。いい加減、目を覚まして動け」

瞬間、クウガとミコトとヒリュウが跳ね起きた。

クウガは折れた左腕を気にすることなく走り出し、ミコトはふらつく体を叱咤して駆け、ヒリュウは血を吐きながら目標へ。

「あ、やっぱり」

シュリことスイリンが楽しそうに笑った。

「面白そうだから黙ってた甲斐があった」

「グリィンベルバルぅ！」

三人全員が『当方』ことガンリュウへと走り出す。目を覚ました全員が、一瞬でガンリュウの危険性と敵対意識を感知したんだと思う。だから襲いかかったんだ。

さらにリュイランもガンリュウへ拳を振り上げて跳躍、一撃で仕留めるつもりの拳打。

これにはガンリュウも四対一はマズいと思ったのか、舌打ちをした。

「ちっ、時間稼ぎされたかっ。時間切れも近い、ちくしょう！」

ガンリュウは飛び上がった。その場での跳躍なのに、砦の屋上に相当する高さまで飛んで、屋上へと着地。

どういう身体能力なの、あれ!?　四人の攻撃は空を切ったが、ガンリュウへの警戒を緩めていない。この場の全員が、ガンリュウの方を見上げた。

「グリィンベルバル！　リュイラン！　お前らは、必ず、必ず『当方』が殺す！　覚悟しろ！」

「こっちの台詞だ！　吾は お前を殺す！　絶対に！」

そのままガンリュウは屋上から姿を消し、この場を去ったようだった。

ようやく、脅威が去ったの、かな。いや、まだ。

「ギングスっ。ローケィをしっかり拘束して！」

「！　あ、あぁ！　誰か縄とか持ってるか⁉」

「リルのこれを使って！」

スイリンとガンリュウが殺そうとしたローケィ。彼女はこのまま拘束しておくべきだろう。リルは隠し持っていた縄をギングスに投げつけ、それで腕と肩を繋いで拘束する。

そして、これが最後の最後、だ。

「さて、お前に話がある」

「？　えと、此方に？」

リルは立ち上がり、スイリンを睨む。するとシュリの顔と目で、こちらを見てくる。

キョトンとした顔だが、それがリルにとって虫唾が走るほど不快。

「お前、なんだ？　シュリの体に何をしてる」

「えーっと、さっきも言ったとおり。此方はシュリの身に重大な危険が及んだときにだけ表に出られる人格というか、それももうほぼ消えかけてるというか。心配はないよ？」

「さっさとシュリに体を返せ！　お前は不愉快だ!!」

リルは拳を握りしめて叫ぶ。嫌なんだよ、これ以上シュリの体に何か起きるなんて。

誘拐されて、傷ついて、やっと再会しても殺されかけて。助かるかどうかもわからない瀬戸際で、よくわからない奴に体を乗っ取られている。

好きな人が、好きになってくれた人が、これ以上不運な目に遭うのは我慢できない。

「なんで泣いてるの？」

スイリンが不思議そうに聞いてくる。涙？　頬を触ると、確かにリルは泣いてた。

「えと、お母さん」

「何かな愛娘（リュイラン）？」

「その娘は弟ちゃん、シュリの恋人だよ。吾の義理の妹になる娘だよ」

「!?　ば、バカな……!!」

リュイランの説明にスイリンは満面の笑みを浮かべ、フラフラとリルに近づいてくる。

思わず身構えてしまったけど、スイリンはおかまいなしにこっちに来る。

何を思ったか、スイリンはリルの腕、足、体をペタペタと触ってきた。なぜか抵抗できない。

「おい、何をしてる」

「そ、そうか……しゅ、シュリに、こ、恋人が、こんな可愛い恋人が……人間、みたいだし、器量もよい、そ、そうなのか……でも」

スイリンの手がリルの背中を触ったとき、スイリンは真顔になった。空色の瞳が僅かに明滅してる。なんか、悲しいという感情が伝わってきた気がするのは気のせいか？

「これ以上、『これ』を使うのはやめとこうね」

「……『これ』が何か知ってるの？」

「知ってる。知ってるし、リュイランも、ガンリュウも知ってる。だからローケイを殺そうとした。キミの場合は……適性がないね。殺さなくてもいいし、キミが死ぬのはダメ」

ふわっとスイリンがリルを抱きしめた。

「あぁ、あぁ！　此方(こなた)の義理娘(むすめ)！　シュリの恋人、リュイランの義理妹(いもうと)！　こんなに幸せなことはない！　キミをシュリの恋人と認めよう！」

「え、あ、はい。お義母(かあ)さん⁇」

「素晴らしいなぁ！　まさかシュリがこっちに来て恋人を作るとは！　リュイランと再会するとは！　良き一日だ！　人生最良の日だ！　だから」

スイリンはリルから離れると、こっちに微笑(ほほえ)みかける。

「いつかキミも、改めてこっちに結婚の挨拶に来てほしいな。歓迎するからね」

「……あ、はい」

「じゃあ、そろそろ」

スイリンは周りをジッと見回してから、腕を組んで満面の笑みで言った。

「シュリに体を返すよ！　此方(こなた)の意識もこれで消えそうだし、あとは任せるね！」

それだけ言い切ったら、シュリの目から空色の輝きが消えた。そのまま意識を途絶えさせたようで、シュリがゆっくりとその場に座り込み、倒れる。

慌てて駆け寄り抱き起こすと、さっきと比べて遥(はる)かに血色が良くなった顔をして寝ている。安堵(あんど)したよ。良かった、ほんとに、良かった。

「……やっと、終わった。かな」

誰に言うでもなく出た、ガングレイブの呟(つぶや)き。

全員がもう、戦う雰囲気になっていない。戦う気はない。


ダイダラ砦(とりで)での戦(いくさ)は、こうして終わった。

そして、ここからサブラユ大陸の話が、大きく動き出す。

今までのような戦いが終わり、新しい戦いが始まるだろうな。

確かな予感が、リルの頭をよぎった。


その後、戦う気をなくしてしまったリルたちは、おのおので行動を始めた。

誰が言うでもなく、自然に体が動き出す。混乱するような出来事が続いても、こういうところは変わらない。いつの間にか敵も味方もなくなり、なぜか一緒に行動して、戦後処理を進める。

ガングレイブとコフルイは部屋の一つに閉じこもって、何かの話し合いをしていた。どんな内容なのかわからないが、後で聞かせてくれるかな。

ネギシとテグとカグヤは、先に旅立たせていた荷馬車を追いかける。アユタ側としては、今から無理やりグランエンドに向かっても準備不足でどうしようもないので、呼び戻すのだろう。

それどころか、荷車番の中にすら間諜(かんちょう)がいる可能性も考えないといけない。荷物を奪われてしまっては困るし。

オルトロスはアドラやギングス、ガーンと一緒に、破損した砦の残骸やゴミの片付けだ。否応なく砦に滞在してからの出発となる。せめて掃除はしておかないと。みんな疲れ切ってるからな。数日の滞在は覚悟の上だ。

アサギはウーティンとエクレス、アユタと一緒だ。ウーティンはまだ砦にいて、シュリを誘拐する気があったが……アサギとエクレスとアユタによる監視付きというわけだ。さらに、アユタは砦の長の立場としてウーティンと話すことがあるってさ。

リュイラン、ミスエー、ミトス、アーリウスは、四人でローケイを監視しつつ相談もあるみたい。ローケイに何が起こってるのか、なぜローケイは殺されかけたのか？　リュイランは何を知ってるのか、なぜミスエーがまだいるのか？　聞いておいてほしい。

クウガとミコト、ビカ、ヒリュウは四人で訓練場にいる。訓練と……まぁいろいろとあるんだと思う。あと、クウガの骨折はリュイランに治療してもらった。

そして、最後に残ったリルだが。今はシュリと一緒にいる。

元々シュリが与えられていたという部屋で、眠り続けるシュリの傍で看病しているわけだね。すやすやと眠るシュリを見ながら、リルもこっくりこっくり眠りかけていた。

「ねっむ……今日はいろいろとありすぎた……」

眠たい目をこすりながら、リルは呟く。死にかけていたシュリは、今は大丈夫そうだ。診たカグヤ曰く、どういうわけか峠を越えてるんだとさ。

あのとき出てきたスイリン……お義母さん？　と関係があるのかな？　いや、あれをお義母さんと認めていいのだろうか？　多分ダメだと思う。本人じゃないみたいだし。

本人じゃないけど、なんか交際相手として認められたってことでいいんだろうか。いいことにしよう。他の奴らに対して優位に働くでしょ。

思わず顔がニヤついちゃう。ニマニマと口角が上がってしまう。

リルは、シュリが好きだ。ようやくそれを自覚した。ていうかいつも一緒にいて、一緒にいすぎて距離感が近すぎて当たり前になっちゃったから、気づかなかったのかな。

そしてシュリもリルを好きだと言ってくれた。アユタに告白され、リルが羞恥心と怒りで告白できなかったところに、告白してくれた。

リルの体面を保つためもあるだろうけど、あの真剣な顔はきっとシュリはここで言う覚悟を決めて言ってくれたんでしょ。男らしい、それでいい。フフフ。

「ん……ぅ？」

シュリの体が動いて、呻(うめ)き声が出た。ゆっくりと目が開き、リルと視線が合う。

瞼(まぶた)の下の瞳は……空色じゃない。普通の、前と同じ色の瞳だ。安心した。

意識がハッキリとしてきたシュリが、微笑(ほほえ)んでくれた。

「んと……おはよう、ございます」

「ああ、うん。シュリ」

リルは滲(にじ)んだ涙を拭った。

「お帰り」

いろいろあれども、シュリが今、一緒にここにいる。

リルはそれで、十分だ。

閑話 ～東翠鈴～

「ぷはぁ!!」

地球の広大な海、太平洋。此方(こなた)は水面から跳ねるようにして浮かび上がる。止めていた呼吸を再開し、大きく肺を膨らませて体に酸素を取り入れる。

勢いで見上げた空は透き通るような青空。此方の目よりも深く、広く、美しい空。

雲と霞(かすみ)が風に流れていく、一気に目が覚めるような幻想的な風景。陸地はどこにもなく、波はあれども穏やかな海の一日。

此方はいつもの服装のまま、太平洋にダイビングしていた。肩と脇に青色と緑色の線が入った、白いヘソ出しタンクトップ。濃いめの色合いのタイトタイプの七分丈のジーンズ。それとお気に入りの白黒しましまベルト。ダイビングの装備なんて一つもなく、此方は片手に防水カメラを持って潜ってたってわけ。

「はぁ……綺麗(きれい)だなぁ……」

仰向けになって脱力し、ぷかぷかと水面に浮かぶ。穏やかな空、穏やかな海、敵が存在しない笑えるほど平和な世界。

此方がいた世界とは全く違う。

〝脅威と思えるようなものは何一つ存在しない〟そんな理想の環境。

あぁ、まさに夢のような世界だね。

「昔の此方のことを考えると、全然予想できなかったことだね。此方でもわからんね」

此方の名前は東翠鈴、またの名をグリィンベルバル・『ファースト』・アプラーダ。

とある異世界のとある国、その王族の末の姫で最初の女神と称(たた)えられた女の子。

ひょんなことから旦那様こと東蒼一郎(あずまそういちろう)と出会い、紆余曲折(うよきょくせつ)を経てこの世界……地球に流れ着いた。

長女であり最初の我が子であるシアン……東緑藍(リュイラン)と別れてしまい、なんとか娘を取り戻そうとあれこれ頑張る、ごくごく普通の奥様だよ。

長男で二人目の子供の朱里まで行方不明になってしまい、朱里の捜索もしながら、こうして仕事に励んでる。

今日は広々とした太平洋に、撮影機材を積んだボートをオールで漕(こ)いでやってきた。

不法入国したカリフォルニアの海岸から頑張ってみたけど、案外簡単に来ることができて安心したなぁ。二日で四千キロメートルくらい離れた場所までやってきたぞ。

で、この海の底まで潜って再び水面に上がるまでの映像をライブ中継で配信してた。

電波とか画質とか、もろもろの問題の全ては魔法や魔工でなんとかしてる。この世界でも魔力が使えて良かったよほんと。空気中に魔力はないんだけど、自分の魔力と『竟光(きょうこう)』はそのまま使えるし生み出せるみたいだし。

さて……海の底にも手がかりはなかったし、どうするかな。

「さぁて……ボートに戻るかぁ」

体を起こしてボートの位置を確認。結構遠くに流れちゃってたか。

クロールで泳いで一気に近づき、ボートの縁(へり)に手を掛けて乗る。撮影機材とオールはある。問題ないね。

此方(こなた)はカメラを確認し、動画の向こうで見てくれてるだろう視聴者へ話しかける。

「はぁーい、スイリンチャンネルでぇす。海底まで泳いで何か拾って戻ってくるライブでしたー。どうだった?」

ボートに置いているノートパソコンにて、ライブ配信中の此方の動画チャンネルを確認。うん、映りは良い。こんな場所からでも電波を飛ばしてライブ配信できるの、魔法って本当に便利。

とはいえ、怪しまれても困るので、それっぽい機材が映るようにあえてカメラワークを意識してる。まぁ、あの機材は中身空っぽだけど。

チャット欄を確認すると、

『嘘乙』『CGは証明できた？』『交代要員はどこに行ったのかな？』『さすがにデタラメだろ』

と、なんともかんとも賑やかなコメントで埋め尽くされている。いやぁ、視聴者数が増えて嬉しいね！　収入が増えるからね！

「嘘じゃないよー。ずっと映してたでしょー。海面から海底、そこから今までずっと！　どうやったら嘘になるんだよー」

『海面から海底で今に至るまでたった10分とかありえないんだよなぁ』『あそこ、海底までどんくらいだっけ？』『五千メートルくらいじゃね？』『見てて酔うくらいの倍速動画を見てる気分だったわ』

くそ、この世界の人間は貧弱すぎる。たったそれくらいの水深の海、本気なら1分で往復できるけど、怪しいだろうからものすごく手加減して潜ったのに！

ちょっと憤りますわー。カメラを握る力が強くなるよ。正直背中のあたりが怒りで震えそう。せっかく綺麗な海に潜った映像をライブ配信したのに、誰にも信じてもらえないとは！　悔しい！

でも此方は知ってる。

「ゴメンゴメン、信じてよー」

カメラ写りを意識して、あえて此方（こなた）のプロポーションを最大限に活かすように胸の谷間を強調し、腰のくびれをさりげなくくねらせる。それと若干透けたシャツを淫靡（いんび）に引っ張ってみた。

すると、チャット欄がにわかに騒がしくなる。

『許す』『許すな』『なんでこの人こんなに美人なんだろうなぁ』『整形じゃね？』

びき、とこめかみに青筋が浮かびそうになるが、

『整形疑惑は映像解析の人と、直接会った人が確認した結論として、嘘（うそ）っぱちって言われてたじゃん。嘘っぽい人だけど美人なのは事実』

このコメントで怒りはやんだ。此方の存在をバーチャルアバターって言ってた人が多かったけど、ファンサービスでサイン会を一度だけしたら、実在の人物ってのは信じてもらえたのよねー。

さて、ここまでにして本題に入ろうかな。さっきから衛星電話に着信がガンガン入ってる。此方はカメラを置き、電話に出た。

「はーい、翠鈴だよー」

『あー……久しぶりだ、ミズ・スイリン』

「おや、キミは確かアメリカの――」

続きを言おうとして、カメラに映ってることを意識しながら言葉を切る。ちょっと匂わ

せるつもりの応対。さっそくチャット欄が騒ぎ出した。

『アメリカ？』『スイリンに直接電話できるって誰？』『にわか乙』『アメリカのとある研究機関の偉い人だよ。毎回毎回、スイリンのおもちゃになってる人』

　フフフ、どうやらチャット欄に古参のファンがいるみたいだね。狙い通りだ。あえてチャット欄を見ないようにして、カメラへの意識を消しつつ電話での会話を続ける。

「ゴメンゴメン、言っちゃダメだったね！　大丈夫大丈夫、バレてないよジョン・ドゥくん！」

『どう考えてもバレてるが……いや、それはいいんだ。ミズ・スイリン、お願いがある』

「なに？」

　わからないふりをした。もちろん彼女の目的はわかってるけどね。でも、遊んでしまおう。思わず楽し過ぎて笑みが出てきちゃった。

『キミが海底で採取した鉱石と、その、ペットボトルに入れている海底から湧き出たであろう気体。その二つを譲ってほしい』

　やっぱりなぁ！　フフフ、予想通りだ。この辺りの海域はまだ未調査区域、というか地球のほとんどの海は未知のままなのよね。だから魔法やハッキングを駆使して、教科書や専門書、海外の論文やらの情報を手に入れ、そこには載ってない鉱石を拾った。

　この気体についても、なんか海底から湧き出てたみたいだからね。ペットボトルを魔法で強化して水圧で潰れないようにして、気体をペットボトルに入れて回収。

　そしたらこれだ。ジョン・ドゥくんはさっそく此方(こなた)の衛星電話へ連絡をくれたわけだ。

　この世界では五人くらいしか此方との直接連絡手段を持たないが、その一人が彼女。

『知らん人から電話がかかってきた場合、電話番号を調べ尽くして情報を漏らした奴とは二度と連絡を取らない』と明言したところ、律儀(りちぎ)に守って残った数少ない契約履行者だ。

　さて、ここからが本番だ！

「よしよし、キミの要求は了解した」

『助かる。受け渡し場所と報酬については』

「だが、やなこったぁ！」

　衛星電話に向かって意気揚々と叫んだ此方と共鳴するように、チャット欄も盛り上がる。

『キタキタ！』『チャンネル最大のコンテンツ』『これを見たいがためにチャンネルに張り付いてる』『ジョン・ドゥさん、お疲れ様でした』

　ハハハハ、わかってるねぇ視聴者諸君！　さて、此方も準備しよう。

　カメラを良い場所にセット。ノーパソもカメラに映らない場所に置き、衛星電話をボートの席に置き、隣に鉱石とペットボトルを一緒に。

　そして、此方は金槌(かなづち)を片手に笑みを浮かべた。

「ではこれから、人類の未来への新しき階(きざはし)となるだろう、未知の要素を含んだ鉱石と気体を破壊しまーす！」

『待て待て待て！　待ってほんとに待って！　次にそれをやられたら私、長官に怒られるの！　始末書を書かされるの！　給料を減らされるの！　だからやめてほんとに！』

衛星電話からジョン・ドゥくんの叫び声がキンキンと。いやぁ、最高だね！　今の此方は最高に良い笑顔をしてるよ！

チャット欄を見てみれば、こちらもものすごく荒れていた。ものすごい速さでコメントが流れては消えて、また現れては流れていく。此方の動体視力で捉えた内容は、

『ジョン・ドゥさんの叫び助かる』『これで一日働けるわ』『ちょっと待て新しい技術や研究が進むかもしれないものを破壊するな！』『何考えてるんだ！　人類の財産を壊すな！』

『にわか乙、スイリンさんはいつもこうだぞ』

壊すな、向こうに売れ、希少鉱物や新元素を含むかもしれない気体を台無しにするな、何を考えてるんだやめろ。

いやー、凄(すご)いね、今日も視聴者数は爆上がりだ！　ニッコニコのまま、此方はまず鉱石に金槌を振り下ろした。

あっけなく砕けて破片となった鉱石を手のひらに集め、勢いよく海に放り投げた。

「まずは鉱石ぃ！」

『あああああやめてやめて！　オフィスの向こうから上司と長官の怒りの叫びが聞こ

えてきたから、私怒られるから！　やめてぇ！』

「ハハハハハハ！　その叫びが聞きたかったぁ！　次はこの気体だぁ！」

次はペットボトルを手にして、ゆっくりとキャップを開けていく。

「ほらほらぁ……どうかなぁ……？　新元素を含むかもしれない、人類のお宝が今まさに！　空気中に拡散して消えようとしてるよぉ！」

『ほんっとぅにやめて!!　あ、その、長官待ってください交渉は続いてますから安心してくださいだから電話を奪おうとしないでそれをされたら私とミズ・スイリンとの契約が不履行となって連絡手段を失いますから本当に取り返しのつかないことになりますからやめて長官自ら交渉をしようとした瞬間に彼女は私を切り捨てるから冗談じゃないからやめてください!!』

電話の向こうからは長官という人の怒鳴り声と上司の叫び声、ジョン・ドゥくんの涙声と抵抗する音が聞こえる。最高だよ、最高の演者だよジョン・ドゥくん！

「あ〜……キャップがぁ、キャップがぁ……」

ゆっくりと焦らしながらキャップを開けていく。

もう少しで未知の気体が失われそうだねぇ！　ボルテージが上がっていくよぉ！

チャット欄も荒れて、ジョン・ドゥくんの叫びも最高潮！　視聴者数も増えて最高だ！

さぁ、このままクライマックスに、

「ん？」

再び電話の着信音が鳴った。今度は衛星電話じゃない、此方(こなた)の携帯電話だ。黒電話、という昔あった電話の着信音。

その着信音の意味がわかった瞬間、此方の背筋に寒気が走った。顔に恐怖が浮かぶ。

『何々？』『え、誰からの電話？』『スイリンさん、顔が青ざめてない？』『あー、死神からの着信音だな』『スイリン終了のお知らせアラーム。処刑タイムの始まりか』

チャット欄にそんなコメントが流れていくが、此方にはそれを気にする余裕はない。

『……長官、もう大丈夫です。ギリギリで彼に連絡が取れました。今回は運が良かったようです』

「おま、おま、おまえ、ジョン・ドゥくん、やりやがったなっ」

『私とあなたの戦いは、いかに時間を稼ぐか、そして私の運が良いか。この二つのファクターによって決まる。そして、私の勝ちだ。どうぞ？　電話に出てもらっても構わない』

ジョン・ドゥくんから告げられる、処刑宣告。電話の向こうの相手は、此方にとってこの世界で唯一逆らえない存在。

出ないとか、無視するとか、そんな選択肢はない。それをしようものならめちゃくちゃ怒られるし嫌われる。此方は絶対にそんなことになりたくないっ。

此方は鞄(かばん)の中から携帯電話を取り出す。ごくごく普通のスマホだ。画面に表示された文字を見て、此方は空を仰いで緊張の息を吐いた。

『東蒼一郎』。愛称はリョっちゃん。

　此方の旦那様にして、ただ一人此方が好きな人。絶対に嫌われたくない人。

　意を決し、電話に出る。

「も、もしもし……」

『スイ、何をしてる』

　電話の向こうから聞こえてくる、怒気を含んだ男の声。年齢よりも若々しく感じる声色なのだが、今の此方にとっては恐怖そのものだよ。

　此方の膝が震える。冷や汗がだらだらと流れていく。

「あ、あの……動画のライブ配信、を……」

『またキャサリ、じゃなかった。ジョン・ドゥくんに迷惑をかけてるんだろ』

　ヤバい。これはほんとに怒ってるやつだっ。電話の向こうでリョっちゃんの眉が怒りで歪んでるのが簡単に予想できちゃうっ。

「何を証拠にそんなことをっ」

『ジョン・ドゥさんからメールが届いた。なんとかスイを止めてくれないか、と。仕事中だったが、たまたまスマホが光ってるのが見えてチェックしてみたら、お前また……！』

「違う違う！　ジョン・ドゥくんが嘘をついてるんだ！」

ちくしょう、ジョン・ドゥくん！　仕事中は電話を手元に置かずに集中してるリョっちゃんだから、メール爆撃によって少しでもスマホを見る可能性を上げやがったなっ。覚えてろよ！

だがここで誤魔化して、と思ったら電話の向こうでカチャカチャと何かの操作音が。

『……へぇ。海底まで一気に潜って未知の鉱石と気体を採取して帰還、それを求める人を、ライブ配信しながらおちょくるような形で破壊、か』

「あ、やべ」

忘れてた。あの動画サイトはライブ配信してても、巻き戻して見ることができるんだ。

さっきの音はリョっちゃんが動画を確認してた音かっ。ちくしょう！

『スイ。俺が言ったことをおさらいしてみろ』

「な、なにを？」

『俺とした約束、言った内容をおさらいしてみろと言っている。やれ』

「あ、はい」

くそ……屈辱だ……！　此方にこんな屈辱を与えられるのはリョっちゃんだけだ……！

でもここで拒絶したら、家から閉め出される。当分の間、敷居をまたぐことを許してくれないんだ。それが嫌だ。

リョっちゃんのいる家に、朱里がいる家に入れないのは此方にとって地獄そのものだもん。家族が住む場所に入らせてもらえなくなるのが怖い！

『はい、どうぞ』

「ひ、ひとつ。此方は天才過ぎるのでやり過ぎるな」

は、恥ずかしい。昔は天才を自負して女神とまで称えられたけど、今になって天才過ぎるとか自分を評するの、子供っぽ過ぎて恥ずかしいっ。

顔がかぁっ、と赤くなるのが、ノーパソ越しの此方の顔からわかった。

『天才過ぎるので』『天才過ぎるので』『天才過ぎる……ププ！』『実際、天才過ぎるからなぁ……チェスの大会に乱入して優勝するし、リングに乱入してプロ格闘家を相手に二対一で戦ってノックアウト勝利するし』

チャット欄が賑やかになりつつある。此方の動画内容を見てリョっちゃんが怒ったとき、毎回行われる処刑時間だ。くそ、早く終わらせたい！

「ふたつ。此方は何でもできるけど、だからってやり過ぎるな」

『そうだな。スイの万能っぷりは俺が一番よくわかってる。だから、調子に乗ってやり過ぎるな。お前が心配になるんだ。愛してるから』

「くぅっ」

リョっちゃんは割と平気な顔で、此方に愛の言葉を囁いてくれる。しかも誰が見てようと聞いてようと構わず、だ。嬉しいのだけど、こんなライブ配信でそれをやられるのは。

『旦那様からのラブコールだぞ』『返してやれよ』『返さないと拗ねるからさ、早く』

そうなのだ。チャット欄に書いてあるように、リョッちゃんはラブコールを返さないと拗ねるのだ。子供っぽくて可愛いのだけど、ここで返さないと家に入れない日にちが伸びる。

此方は顔を真っ赤にして、空を仰ぐ。声を震わせながら、言葉を吐き出す。

「こ、こな、此方、も、リョっちゃんのことが大好きだよっ！」

最後はヤケクソである。

『ありがとう。じゃあ残り四ついこうか』

なんか電話の向こうで満足そうなリョっちゃんだが、さらに言うように促してくる。チャット欄も盛り上がっていった。一連の約束のおさらいとラブコールの寸劇は、此方のやってることがリョっちゃんにバレたときの決まった流れだから。

ちなみに残りの四つは、好き勝手にあちこち行くな、門限は守れ、いたずらはほどほどに、人様に迷惑をかけるな、だ。子供に言い聞かせるような内容だけど、此方はやろうと思えば全部無視できる。

無視できるから、リョッちゃんは此方にやるなと約束させたわけだね。

最後の一つとラブコールを言い終わったとき、もう此方は恥ずかしすぎて逃げ出したかった。ここでライブ配信を切ってしまうのも一つの手なのだけど、前にそれをやったら改めて自宅で謝罪ライブ配信させられた。あれは嫌だ。

『スイ』

「はいっ」

『帰ったらお仕置きだ。覚悟してろ』

プツッと電話が切れる。

お、お仕置き。また？　またお仕置き？

『お仕置きってなに？』『まだ何かやるの？』『言ってやるな』『顔を見りゃわかる』

チャット欄の呆（あき）れた内容からもわかるとおり、此方（こなた）の顔は、困りながらもニヤついてしまっていた。まぁ、その、なんだ。

此方はもう一度衛星電話を手に取って、ジョン・ドゥくんに呼びかける。

「もしもし、気体はまだ大丈夫だから、そっちに売るよ」

『賢明なご判断、感謝いたします』

「ただし、次は負けないからね」

『もう連絡しないと言わないあたり、あなたもかなりの好き者ですね。いつでも誰を相手にしても勝てるから、あなたの旦那様に負けるのが何より好きなわけなので』

「うううううるさい！　それ以上言うと連絡手段を断つぞ！」

『おっかないおっかない……改めて連絡を差し上げます。ああ、一つ訂正を。旦那様に負けるのが好きというより、旦那様以外に負けるのは大嫌いで、旦那様だけに負かされたいと』

「次に会ったら容赦しないぞっ!!」

衛星電話の通信が切れた太平洋。波と風の音という自然音だけの時間。

此方はカメラに向かって一言。

「じゃあ、今回のライブ配信はここまでにするよー。次回もよろしくねー」

『旦那様への敗北願望持ち奥様、さようなら』『やめてやれ』『追い打ちだぞ』『この世には慈悲って言葉があるんだぜ？』

容赦なくライブ配信を打ち切り、此方はボートの席に座り込む。はぁ、と大きく溜め息をついた。まさかリョっちゃんと連絡がつくとは。油断した。

「ま、まぁ、お仕置きでも、負けなければいいし。負けなければ、ね」

自分に言い聞かせるように呟く（つぶやく）のだけど、ニヤつく顔と、脳から溢れ（あふれ）出る多幸感が止まらない。

此方は昔から誰にも負けなかった。勉強でも、武術でも、頭脳でも身体能力でも。何で勝負しても百戦百勝、無敗で無敵の女神様。それが此方だ。

でも、リョっちゃんに負けた。たった一回、とある勝負でリョっちゃんに敗北を喫したんだ。それが此方にとっての、最初の敗北。そして、リョっちゃんだけが此方を負かせる。

好きな人から初めて与えられた敗北。好きな人だけに勝てない勝負。

当たり前に勝ってきた此方の長い一生の中で、その敗北はとてつもなく甘美なものだったんだ。リョっちゃん以外には負けないが、リョっちゃんだけには負かされたい。

「ふへへへ」

思わず嬉しくて声が漏れた。ダメだ、このままだと変質者になる。早く帰ろう。

そのときだった。此方の中でとある感覚が途切れ、かつて施した魔法の残滓が体の中に戻る感覚がした。

思わずバッと空を見上げる。どこから来たんだ、と宙空を観察する。此方の空色の目が、さらに深い輝きを放ちながら魔力の残滓を追った。

ほんの、ほんの僅かな、魔力の存在を知っていても此方でなければ気づかないような、ほんの僅かな空間の『ズレ』。

しかし、そのズレは瞬く間に消え失せてしまい、此方が手を伸ばす時間すらなかった。

「……まさか」

此方の顔は青ざめ、体温が冷めていく。これは、この魔力の感覚は、此方がかつて朱里に施した『神域封界』。

此方が魔卑たちの能力を見て、命を削らなくても使えるようにと開発した魔法と魔工という二つの技術体系。

これはそのうちの一つ。朱里の体に圧縮した魔力で文字を刻むことで、朱里を怪我や病気といったものから守る魔工側の技術だった。治癒能力を上げ、精神を防護する。

同時に、朱里ではどうしようもないほどの危機に陥ったとき、写し取った此方の人格を憑依させて対応できるようにしたっけ。

その魔力が、ズレを通って此方に帰ってきた。つまり、朱里は、

「朱里に、何かあった……!?」

此方は慌てながら、ズレのあった位置に手を伸ばす。宙空を手で掻き回してみても何も掴めない。ズレが跡形もなく消えたことがわかるだけ。

焦燥感が募る。泣きそうだ。朱里にまで何かあれば、此方は耐えられない。

緑藍を救えなかった此方が、朱里まで失うなんてこと。

「魔力を、魔力を辿れば……!?」

戻ってきた魔力の残滓から、何があったのかを探る。魔力に宿る記憶を読み取るなんて、此方には簡単なことだ。でも、焦るとちょっと遅くなる。いつもは瞬きするまでもなくできることも、瞬き一回分だけ遅くなった。

そして、記憶の読み取りが終わる。

「……生きてた」

ふう……と大きく安堵の息を吐く。シュリは生きてる。どうやら此方が残した複製人格

が働いてくれたようだね。

それと、まさかあんな乱暴な方法で此方(こなた)の魔工を破るとは。ナイフで突き刺して魔字(マギ・スペル)を乱すとか……。

記憶の中にあるあの黒髪の少女は……どっちかな？　似人族(レプリカ)か悪魔族(プチデビル)のどっちかだと思うんだけどな。血が薄くなりすぎててわかんないや。

でも、アサギという少女とネギシという少年についてはわかる。二人はハッキリと特徴が出ててわかりやすい。

さらに、

「朱里も……緑藍も生きてて良かった」

緑藍も生きていて、朱里と出会っていたとは。そして、緑藍はちゃんと朱里を守ってたみたいだね。安心した。

ずっと心残りだった此方の娘が、まだ生きてる。息子と一緒にいる。

それだけでも、嬉(うれ)しい。

「さて……手がかりは見つかったね」

此方はボートの中で立ち上がり、虚空に手を伸ばす。

「さっきは慌てちゃってズレを見逃してしまったが、もう見えた」

此方の手の先からふわりと魔力が立ち上り、風に漂いながら散っていく。ズレは消えてしまったみたいだけど、跡は残ってるはずだ。一度ズレたものは完全には戻らない。跡は必ずある。それを見つける。

「見つけるよ。此方の息子と娘。それと息子に恋人ができたとは！　彼女も連れてくるか」

ルンルン気分だ。これだけ喜びで気分が高揚するのはいつ以来だろ？　笑みを浮かべ、空色の瞳で魔力の行く先を観察し続ける。

小さなズレだったから、どこに跡が行ってしまったかを探すのは大変だけど、二か月もあれば世界中のどこに跡が流れたかわかるな。

「よし、じゃあ、此方はリョっちゃんの元へ帰るか」

ボートの荷物を片付け、とりあえず帰路に就くこととしよう。

荷物をまとめて、ボートに魔力を流して航行を開始する。エンジンがなくても魔力で風を起こし、進めば簡単。さらにオールで波を操り、軽く行き先を修正するだけでいい。

ここから家に着くまで、まぁ三十分程度かな。この世界の海は航行しやすくていいね。

待ってなよ、朱里。緑藍。

必ず、此方が……お母さんが助けに行くからね。

百六話　青椒肉絲と二人きり～シュリ～

長い、長い夢を見ていた気がする。なんかよくわかんないけど、死んだはずなのに、走馬灯を見たはずなのに、別れを告げたはずなのに、今はあっさりと目を覚ました。

何度も見てきたダイダラ砦の天井。目覚めの光景です。

でも違う。傍にはリルさんがいる。

また会いたいと思っていた人が、そこにいました。

「んと……おはよう、ございます」

「ああ、うん。シュリ、お帰り」

リルさんは目に滲んでいた涙を拭いながら言った。

「ええ、ただいまです」

思わず僕の目にも、涙が滲んでしまったよ。

おはようございます。シュリです。

最高の目覚めだね。これほど爽やかで清々しい気分になったのは久しぶり。

起き上がって体を伸ばし、大きな欠伸をしてから目元を拭う。

「なんか、随分と眠っていたようですね。僕は」

「そうだね。シュリは随分と寝てた」

ベッドから立ち上がった僕に、リルさんがそっぽを向きながら言う。

「んで、寝ぼけて忘れてることがある。シュリは」

「忘れてること……？」

「いろいろと」

なんだろう。リルさんの機嫌が悪い。照れ隠しでそっぽを向いているわけじゃない。

あれこれ思い返してみる。あれか？

「ハンバーグを作ることですか？」

「そう、そぅ……じゃない」

それそれ、って言おうとして無理やり飲み込んだなこの人。

「別のこと」

「別のこと？」

別のこと？　とはなんぞや？　と僕はもう一度思い出そうとする。他に、思い出しておかないといけないことがあるだろうか？

五秒くらい悩んで、まさかと思ったことを言ってみる。

「まさか、その……恋人ぉ……関係だから、敬語をやめろ、とか……？」

恋人、の部分で恥ずかしすぎて声が上ずってしまいました。まさかな、そんなはずないよな？　どうなの？　恥ずかしすぎて、僕の顔はきっと真っ赤だよ。熱いし。

「正解」

正解だった。そうなのか。割りにあっさりと正解しちゃったな。

「……」

どうしよう、正解したのはいいけど、それはそれで恥ずかしいぞ。僕は思わず何も言えなくなって口をパクパクさせてしまいました。

だってそうじゃん？　恋人になった相手から敬語をやめろって言われるわけだよ。恋人になったから。

「えっと、わかり、いや、わかったよ、リルさん」

「さんもいらない」

「……それはまた今度にしていい？　いきなり呼び方を変えるのは恥ずかしいよリルさん」

「……許すけど、一度くらいは呼んで」

「わかったよ、リル」

リルさんは相変わらず顔をこっちに向けない。どうしてだ。ちゃんと呼んだぞ。

耳は……意外だ、赤くない。赤くないが、頬の辺りが緩んでるのが見えました。

笑ってるな、これ。笑顔になってる。嬉しいんだな、と判断します。

「それで……他のみんなは、今どこにいるの？」

「おのおので話し合い。これからのことの相談もしないとダメだし」

「話し合い……」

少し、自分で考えてみる。話し合い、とはなんなのか。

アユタ姫たちは、まずここを出て首都に帰らないといけないはずだ。僕が気絶してる間に帰っているなら、話は別だが。

「リル、アユタ姫様たちは帰ったの？」

「まだ。ヒリュウたちもウーティンも残ってる。さっさと帰ってしまえばいいのに」

「そっかー」

リルさんがこっちに向いてふくれっ面を見せてきました。

他の人たちもそうだけど、特にアユタ姫はリルさんにとっては自分の恋人こと僕を付け狙う女狐扱いなんだろなぁ。

そりゃそうだろうなぁ。久しぶりに再会したっていうのに、起こった事件と言えば、僕が背後から刺されてしまって、さらには先に告白されるという屈辱的展開だったから。

リルさんにしてみれば、気に食わないことだらけだろうと思う。

……ただ、あの行動のおかげでというか、それを見たからこそ、僕は覚悟を決めてリルさんに告白できたんだけどね。僕はリルさんを宥めるように言った。

「アユタ姫様にはもう近づきませんし、ウーティンさんにも不用意には近づきません。僕だって、もう誘拐されたりするのは勘弁ですから」

リルさんを宥めるように言う僕だが、正直本心でもある。

「……それだけ？」

「は？」

「シュリが言うところの理由はそれだけ？」

なぜかリルさんが僕を睨んだ。なぜだ。

「え、他に理由が？」

「むしろ理由なんて一つしかないはず」

……困った、リルさんの怒りが増しているのがわかる。わかるものの、その理由はわからないぞ。いったい何を言えば正解なんだ？

表情を変えないまま、僕は背筋に冷や汗が流れるのを感じる。くそ、年齢がそのまま彼女いない歴である男の経験不足が恨めしい……！　何を言えば正解なんだよ!!

「もちろんわかってますとも」

「わかってないな！　ふん！」

くそ、時間稼ぎすら見抜かれてる！　リルさんは怒ったまま部屋を出て行ってしまいました。これは完璧に僕が悪い！

ここはリルさんを追うべきなのですが、このまま追いかけてもダメだ……ちゃんと理由を答えられるようにしないと、余計に怒らせそうで意味がない！

「……こんなときに相談できるのは……！」

「いきなりですみません、リルさんに言うべき正解がわからないということで相談に乗ってくださいクウガさん！」

「久しぶりの、念願の再会の第一声がそれでええんか？　なぁシュリ⁇」

僕が頼りにしたのは、ダイダラ砦（とりで）の訓練場でミコトさん、ヒリュウさん、ビガさんと一緒にいたクウガさんでした。どうせここにいるだろう、と当たりを付けて急いで来てみれば予想通り。

しかし、改めてダイダラ砦を見てみると酷（ひど）いもんだ。戦闘の影響であちこちの設備が破損、破壊されてる。壁が崩れて吹き抜けになってしまっている場所もあるし、散々荒らされてめちゃくちゃになった部屋だってたくさんある。

「今の僕には切実な悩みがあるので、再会のあれこれは後回しにさせてください」

「ええ……？」

「とても大事なことなのですが……その、ここで相談するのもなんですねぇ……」

困惑するクウガさんの後方、訓練場全体を見てから僕は溜め息をつく。

訓練場もかなり荒れ果てていた。戦闘の主戦場になった影響もあり、今までは整地されて綺麗(きれい)だった地面があちこち陥没し、炎によって焦げている部分も目立つ。抉(えぐ)られ、爆破され、多数の死傷者が出てしまったがために大量の血が染み込んだ赤黒い跡があちこちに。オエっ。

僕はあえてそっちには目を向けないようにする。

「食堂にでも行きませんか？　そこでお話を」

「いや、ワイにはやらにゃならんことがあるから、ここでえぇ。さっさと話せ」

えぇ……？　ここで話すの？　僕は少し躊躇(ためら)いながら口を開きました。

「いや、そこで滅茶苦茶な訓練をしてる人たちがいますが、いいんですか？」

クウガさんの後ろを覗(のぞ)くように見る。

そこでは、ミコトさんとビガさんが徒手空拳にて試合を行っていた。ヒリュウさんが近くで二人の戦いぶりを食い入るように見つめ、観察し続けている。

いや、試合というにはあまりにも内容が荒々しすぎる。

二人とも素手のまま殴り合っている。寸止めなんて優しいことはしてない。互いに本気で当てようと、本気で極めようと、本気で投げようとしている。

人間の骨は素手のまま殴り続ければ、そのうち痛めてしまうものです。自身の負傷に構うことなく、互いに力のぶつけ合いを続けていました。

だが、なんかおかしい。微妙に違和感があるな？

「いいんや。あれはあれでほっとけ。ワイも後で参加するし」

「大丈夫です？　なんか動きがちぐはぐになってて、ミコトさんは苦しそうですけど」

何気ない僕の一言に、クウガさんは目を見開いて驚く。

「……わかるんか？　シュリ」

「ええ。前に見たミコトさんのそれより、なんというか、覚えた技を無理やり使おうとして上手くいってない感じですね」

以前、ミコトさんがネギシさんと喧嘩(けんか)をしたとき。あのときミコトさんは自分にできることを十全にしていた感じだった。でも、今は違う。

外部から取り入れた新しい技に目移りして、頭で考えてる状態みたいです。

あれは覚えがあります。僕も修業時代の初期、新しく覚えた調理方法で料理を作ろうとしたとき、なぜか上手くいかない。理由なんてすぐにわかりましてね、慣れてないから微妙にどこかで齟齬(そご)が出る。

結局繰り返し繰り返し試して、頭ではなく腕と体で覚えるしかない。

僕は顎に手を当て、昔を懐かしむように微笑(ほほえ)む。

「懐かしい。僕も修業時代にはよくああなりました。あの状態を解消するためには、基礎から見直して自分の手順がどこで間違ってるのか確認しつつ、ひたすら繰り返して練習するしかなかったですね。ウツボの目打ちからの腹開きとか、凄く難しかった」

「そうか。ふーん」

クウガさんの顔を見ると、どこか嬉しそうに納得しているようだった。なんだろ？

「いや、そっちの話はいいんです。僕の悩みを聞いてほしいんです」

「あー、えっと、リルの話だったか？」

「はい。実は……アユタ姫たちには誘拐されたくないから近づかない、と言ったらリルさんが怒ったのですが、その原因がわからないんです。クウガさんの意見を聞きたくて」

僕の言葉に、クウガさんは空を仰ぎながら右手で顔を覆っていた。なんか呆れたような溜め息までついている。

なんて失礼な。僕は本気で悩んでいるのに。

何度かクウガさんは呻くような声を上げ、もう一度大きな溜め息をついて顔から手を離した。そして、僕と目を合わせた。

「わかった。もうわかったわ。確かお前、今まで恋人がいたことなかったな？」

「はい。リルさんが初めての彼女です。えへへ」

「やかましい。……あっちに行くで」

顎をしゃくって、クウガさんは行く先を示す。そこは訓練場の隅っこだ。ミコトさんたちの稽古の影響を受けない場所でもある。

この訓練場を離れる気はないけど、三人に聞こえないように配慮してくれるらしいです。ありがたい。

クウガさんに促されるまま、訓練場の隅っこで壁に寄りかかって座る。

「で？　その質問をするためにワイのところに来たんか」

クウガさんは訓練場で行われてる試合から目を離すことなく、僕に聞いてきた。

今はそれくらいの態度の方が、僕にとっては心地よい。目を合わせて、親身になって熱心に聞いてもらうような内容でもないと思っていますので。

「経験、ありませんか？」

「なんやいきなり⁇」

「女性から、『私がなぜ怒ってるのかわからない？』と聞かれたことは？」

その瞬間、クウガさんはもう一度右手で顔を覆ってから空を見上げた。なんか、昔を思い出して苦しんでるのか悲しんでるのかわからないけど、ともかくとしてつらそう。

無言の時間が十秒くらい続いてから、クウガさんは再びミコトさんたちの方を見た。顔から手を離して、疲れ切った声で、

「めっちゃある」

とだけ、呟いた。

「……言われたとき、クウガさんはどう思いました？」

「めんどくさっ、としか思わんかったわ」

なんかもう、本当に面倒くさそうな感じで吐き捨てたクウガさんは、そのまま腕を組んでから続けた。

「ほんま、なんなんやろなアレ？　こっちは怒ってる原因を聞いて改善しようとしてるのに、怒ってる原因から推察させるとか無理がありすぎるやろ。男はさっさと答えを聞いて、対処して、改善して、問題を終わらせたいねん。時間かけたくないんよな。なんで問題がなんなのかから悩まなアカンねんほんま!!」

「お、おう……ちなみに、そういう女性とはどこで知り合ったので？」

「知り合うような店か、向こうから声を掛けてきたかやな」

最後の言葉はあえてスルーしておこう。モテる人のそれにツッコミを入れても仕方がない。質問の本題はそこじゃないし。

なのにクウガさんの言葉が止まらない。

「……いやな、でも向こうの気持ちもわかるつもりや。問題の内容と答えを聞いてあっさり解決してもうたら、男はハイそれで終わり、じゃ。もう思い出さへんし頭の中では終わった問題、過去の問題として忘れてしまう。でも女としてはそこじゃないんよ、この質問の話の主軸というか柱は。一緒に問題について考えてほしいんじゃねえかと思う。でも男の方は問題について考えるクセはなくて、答えを聞いて行動するしかねぇし」

あ、ダメだ。これは当分話が終わらないやつだぞ。言葉を挟む余地がなさ過ぎて、僕は困った顔をするしかありませんでした。

クウガさんの目はもう、その視線の先にあるミコトさんたちの試合は見ていない。ただただ過去の情景を目の前にしてるような感じ。それでいて疲れ切った目になっている。

「男にとっては、問題は解決するものでしかないけどな、女にとってはそうはならん。問題は悩むものなんだと、ワイは結論づけておる。一緒に悩むものなんや。答えはその次なんよ。目的地点ではなく通過地点なんや。悩んで、答えを出して、一緒に取り組むためのものや。ええか？　一緒に取り組むことが目的なんや、答えなんぞ求めてないんや。なんなら悩んで一緒に取り組んだだけでもええねん。答えがそのとき出なくても、また一緒に悩み続ければええんや。いずれ時が解決するからの。でもな……時間で解決した悩みごとなんぞ、解決はしとらんのや……先送りにして、いつの間にかうやむやになっただけのものなんや……それがいつか、とんでもない形で牙を剥くことだって！」

「はい、クウガさん止まろう」

途中までは納得する話だったけど、最後の方になるとクウガさんの恨み言が漏れてる感じしかしなかったな。僕は努めて冷静に言った。

「つらいこと思い出させて、すみません」

「……ワイもいらんことで熱が入ってもうたわ。すまん」

クウガさんは冷静になったのか、両手で頬を軽く叩きました。

「ま、これはあくまでもワイの経験談、ただの感想というか自己主張なだけや。それで？

シュリが言われた内容はどんなもんじゃ？」

「それがですね……」

僕はリルさんとの会話内容をクウガさんに簡単に説明しました。

それを聞いたクウガさんは無表情でただ一言。

「んー、そら『恋人がいるから他の女性に近寄るような真似はしない』で済むぞ」

「……あぁ⁉」

その一言で、僕の中の疑問が全て解決しました。た、確かにそこに至るまでの会話内容から考えれば、リルさんは、僕に対して好意を持っているであろう女性に対して、かなり悪感情を抱いている。

それはアユタ姫、エクレスさん、テビス姫とか、一番警戒してる相手だ。エクレスさんは僕に対して真っ直ぐに好意をぶつけてくるし、テビス姫はなんやかんやと外堀を埋めるような真似をしてくる。

アユタ姫に至っては、僕が引くほどの行動をしてきますし。なんだよ、幼馴染(おさななじ)みシチュエーションとか。怖い怖い。冷静に考えると引くし、怖い。

だからこそ、リルさんはハッキリと言ってほしかったんだ。『僕はリルさんと恋人関係になったので、他の女性に目移りしたり誤解されてしまうほど近づかない』と！

なのに僕は『誘拐されたら怖いし』なんて、まるで危害を加える相手じゃなければ普通に近づくという、恋人がいるのに安全なら女性に近づくと言ってしまっていたのだ！

……そうなるか？　ならなくない？

「クウガさん。普通に考えてそこまでの会話の流れからして、誘拐してこない女性ならこっちから下心有りで近づくよ、なんてことを、告白した男が言ったようになると思います？」

「ならん」

だろうなぁ。

「ならんのやけどな……」

途端に、クウガさんは微笑を浮かべて僕を見た。そして優しい声色で続ける。

「これは男女共通やと思うけど、不安なんよ。相手が自分に対して、どこまで誠実でいてくれるかっちゅう確認よな」

「確認、ですか」

「そう、ただの確認や。普通だったら、シュリが女に近づかないなんて無理やろ。仕事で近づくことだってある。リルも同様や。男の近くで作業することもある」

一瞬だけ、僕の中でモヤッとした感情が湧いてきました。胸の中に重しができたというか、わけのわからない怒りが湧いてきたというか。

表情に出てしまっているのか、頬と眉間に力が入るのがわかります。

でも、それも一瞬だけ。すぐに僕は察することができ、スッキリした表情を浮かべました。

「あ、なるほど。こういう不安、ですか」

「わかったか？　お前はリルに告白したんやろ」

「ええ。でもその前に、アユタ姫様からコフルイさんやネギシさんの前で告白されましたが」

「その状況で、リルにとっての恋敵を前に告白したお前は凄いな……。っと、話を戻すぞ。でもな、リルはもう一押し、安心が欲しいっちゅうことや。わかったか？」

「わかりました。リルさんに会ってきます」

ようやく答えがわかった。リルさんが僕に求めていたものが。

安心が欲しいんだ。他の女性に目移りなんかしないという、安心が。浮気なんてしない男だという確証が欲しいんだと思う。

リルさんは、僕は優しいから他の女性にも優しくしてしまう、と考える。するとその女性が僕に好意を持ち、僕がさらに優しくするだろうと想像して、不安になるんだろう。

僕も同様です。仕事とはいえ、リルさんが男性と一緒にいることに不安が出てくる。先ほど、モヤッとした感情が浮かんだのがその証拠です。

早くリルさんのところに行こう。壁から背を離して立ち上がり、砦（とりで）の中に戻ろうと歩き始めました。

「それとな」

僕の背中に、クウガさんの言葉が叩（たた）きつけられる。

「お前の不安も解消しとけ、シュリ。お前だって不安になるやろ。互いに経験がないんや。お前だけが誠実では釣り合いが取れん」

その場で足を止めて、僕は振り向かずに言った。

「……どうすればいいんですか」

僕自身の不安を言い当てられて、顔が赤くなるのがわかる。それを見られたくないための、振り向かずに聞くという行動。

そんな僕に、クウガさんは再びぶっきらぼうな感じに、でも優しく言った。

「お前もリルの気持ちを、改めて聞いとけ。具体的にはリルからも告白させろ。互いに好きだとハッキリと言い合っとけ。ええな？　察するのが理想やけど言葉にするのも最高なんや。感謝と愛情と思考は口に出して、喧嘩(けんか)してでも互いの認識を合わせとけ」

「喧嘩するのは良くないのでは？」

「言ったやろ？　一緒に悩んで取り組むんやと。じゃ、後は頑張れよ」

最後は投げやりな感じではありますが、言われてみればその通り。僕が振り返ると、すでにクウガさんは試合をしてる三人のところへ向かっていました。

その横顔は、さっきまでの鬼気迫るような余裕のないものではなく、晴れ晴れとした笑顔でした。

「おらおら！　陰気くさい試合はそこまでにせぇ！　ワイとは誰がやるんや？」

明るい口調で三人の輪に入っていくクウガさんの後ろ姿へ頭を下げてから、僕はリルさんがいるだろう場所を探すべく歩き出した。


とはいえどこにいるのか？　リルさんが向かうところといえば、仕事部屋か食堂くらいしかイメージがありませんが、そこを探してもいない。

てか、この砦(とりで)にはリルさんの仕事部屋はないし。

ここ、敵の拠点だしな。

よく考えたら、敵の拠点で、敵対して殺し合った相手と話し合いや稽古を一緒にしてるのか。

いまさらだけど、随分と妙な状況になっていると思う。

「さて……リルさんはどこにいるのか……」

砦中を探してみても、どこにもいない。壊れた施設、無事な部屋と探してみたけど、どこにも姿がなかった。

他の人に聞いてみても「見てない」か「知らない」の二つのみ。はて、どこへ。

「困ったな……」

途方に暮れて、僕は砦の外に立つ。もしかしたら外に出て行ってしまったのかな、と思って裏の崖も調べてみたものの、そこにもいなかったので立ち尽くすしかなかった。

どうしたものか、と悩んでいると遠方から声が聞こえてくる。何やら馬車が数台と十数名の人がこっちに向かっている。

目を凝らして観察してみれば、それが誰なのかがわかりました。

「テグさん！　カグヤさん！」

「お？　おお、おお！　シュリ、目が覚めたっスか！」

「良かった。ワタクシ、心配しておりましたよ！」

遠くに見えたテグさんとカグヤさんの姿に、僕は思わず嬉しさのあまり叫んでいた。

テグさんとカグヤさんは僕の姿を確認すると、二人とも笑顔になってこっちに駆け寄ってくる。

テグさんからはハイタッチを求められたので、ハイタッチを交わし、カグヤさんからは握手を求められたので応える。

「お久しぶりです、二人とも」

「おぉ……あんな悲劇的な別れからの再会なのに、こんなあっさりとした挨拶とは……ワタクシ、感動しました。いつものシュリです」

「そッスね。なんか、なんか……こう、違う感じが……」

僕の挨拶に、二人は呆気に取られたような表情を浮かべた。

「いや、まぁ……その、どうせまた会えるし、とか思ってた」

「ならいいッスね！」

「なら構いませぬ故っ」

僕の言葉に、二人同時に笑みを浮かべて抱きついてくる。右からカグヤさんが来て、左からテグさんが。

抱きしめられた瞬間、それまで穏やかだった僕の心に、一気に湧いてくるものが。

そのまま両目から一気に涙が溢れる。

「あ、の、その、やっと、やっと、また、会えまして、はい」

感極まるとはこのことかと思った。本当に感情が極まってきて、抑えきれない。

不安な気持ちも悔しい思いも苦労したことも、全てこの一瞬で報われたような。

「今は泣け泣け！　泣くがいいっスわ！」

「ええ。再会とはこういう感じですので」

言葉もないまま嗚咽を漏らす僕に、二人して優しく肩や背中を撫でてくれる。

肩を震わせて、俯いて涙を流しました。ここで一気に泣けるだけ泣いてしまおうと思って。

ようやく落ち着き、涙を拭って顔を上げる。

「すみません、情けないところを見せました」

「いいのです、シュリ。あなたは悪くありませぬし、情けなくもありませぬ。人間誰しも、嬉しくて泣くことはいくらでもあります故」

くそ、カグヤさんの優しい言葉に、また涙が出そうだ。テグさんもカグヤさんも僕を慰めるのをやめて、穏やかな笑みを浮かべた。

「それで？　シュリ、オイラたちの出迎えっスか？」

「あ、すみませんそうではなく……実はリルさんの姿が見えなくて探していました。どこを探してもいなかったので」

「あ？　砦のどこにもいない？」

馬車の中から男の声が聞こえたかと思うと、中からネギシさんが出てくる。

どこか疲れた顔をしたままです。どうしたどうした？

「ネギシさん……疲れてます？」

「まぁ……あぁ……」

「ちょっと待つっスシュリ……」

　僕が質問をすると、テグさんが慌てて僕と肩を組んでくる。そしてネギシさんから背を向ける形になる。ぐいっと寄せられてちょっと首がしまって、変な声が出た。

　テグさんは小声で話してくる。ネギシさんには聞こえないような声量だ。

「なぁ……シュリ、馬車の数で気づかないっスか？」

「……」

　一瞬で察して、僕は頷いた。同情するような哀れみの顔にならざるを得ない。

　テグさんたちは先に旅立った荷馬車を追いかけて行ったのですが、馬車の数が、ここを出る前よりも少しだけ少ない。

　少しだけ、です。無事に戻ってきてるのは九割ある。

　でも、一割はここにはいない。その分だけ、人もいない。ごく少数ですが、僕が見知った人がいない。

　それは、つまり……。

「……紛れてたんですね、裏切り者」

「そっスね。それと、見ての通りっス」

馬車の方へ視線を巡らせてみれば、何人かの兵が負傷している。身に着けている鎧（よろい）に、新しい傷と血が付着している。疲れ切った様子でした。

戦闘があったのか。裏切り者と、アユタ姫の部下たちとの間で……。

「それで、奪われた物資は？」

「幸い大したものではないらしいっス。少々の食料と量産品の武器と金銭。重要なものは取られてない、と」

「不幸中の幸いと言え……ませんね」

「言えねぇっス」

だよね。僕とテグさんは二人で大きな溜め息をついて、同情してしまいました。

まさか信頼して物資を任せていた部下の中にすら、裏切り者が混じっていたとは……どうりでネギシさんが疲れてるはずだ。というか落ち込んでる、といった方が正しい。

心なしか、馬車から出てきた人たち全員から、陰鬱（いんうつ）な空気が放たれてるようです。

仲間だと思って親しくしていた、戦場で背中を預け合っていた戦友。

それが突如として裏切り、物資を奪い自分たちを殺そうとしてきた。おそらく、向こう側は躊躇（ちゅうちょ）なんてしなかったでしょう。

でもアユタ姫の部下の皆さんは違う。もちろん、裏切った以上は殺すしかない。戦うしかない。退けるしかないけども、その相手は昨日まで同じ釜のメシを食った仲間。

相当な葛藤があったのでしょう、尋常ではないつらさがあったのでしょう。

彼らはそれでも、仲間と戦ってほとんどの物資を守り、帰ってきた。

「……つらい、ですね」

「……シュリの知ってる人は、その、どうっスか？」

テグさんが心配そうな顔を見せる。ああ、そうですね。そういう形で心配されるのも当然の話です。

残っている人たちを見ても、僕の知っている人がいない。

そう、一番よく知っていて、ここにいなければならないはずの人物が、いない。

「……厨房(ちゅうぼう)を預かっていたオブシナさんがいません」

僕が呟(つぶや)いた言葉に、テグさんは苦い顔をする。僕の肩から手を離し、カグヤさんと何か相談を始めてしまった。

「……ヤバいっスかねカグヤ」

「どう考えてもマズいです。まず間違いなくシュリの情報が向こう側に漏れてしまいます故……それと、アユタのここでのいろいろなことも知られております……これがどんな影響を及ぼすか……」

漏れ聞こえてくる言葉はあれども、僕が関われる範囲の話はここからはないでしょう。

なので、僕はネギシさんに近づいて話しかける。

「ネギシさん、大丈夫ですか？」

「大丈夫じゃねぇ。……結構つらいな。荷物を任せてた奴らの中に裏切り者がいたのがつらい」

いつもは見せない、ネギシさんのつらそうな顔。

「よりによって荷物をそのまま持ち去りやがったからな……仲間が抵抗してくれたおかげでほんの一部だけ、大して支障のないもんだけだが、それでもな……」

ネギシさんはそう言うと、他の仲間たちと馬車を見て、溜め息をつく。

心中察する、とは口に出して言えなかった。信頼して財産を任せてたのに、それを奪う裏切り者がいた。信頼の全てと今までの交流と絆を最悪の形で否定された。

つらい、でしょう。僕は何も言えないままでした。下手なことなんて、何も言えない。

ネギシさんは、気持ちを切り替えるようにぎこちなく笑顔を作って僕を見る。

「そういや、なんだっけ？　リルとやらが見付からないって？」

「え、ええ……」

「砦の中のどこにもいないんなら、砦の屋上に行ってみろ」

屋上？　と聞く前にネギシさんは砦の上の方を指さした。

「最上階のとある窓の外に、屋上へ上がるための突起が設置されてるところがある。そこに手と足を掛けて、屋上へ上がるんだ。多分、そこにいる」

「いますか？　リルさんはここに来たばかりで、そんな場所があることを知らないと思いますよ？」

「砦の中を探してもどこにもいないなら、外に出ていない限りはそこにいるだろうさ。そいつは優れた魔工師なんだろ？　遠目でも、屋上に上がる突起物を見つけて、なんでそこにあるのかを考えつくだろうさ。そこにいないなら、俺にはわからねぇ」

さて、とネギシさんは腰に手を当てて言った。

「行け。俺には仕事がある。これ以上、俺の時間を取るな」

「あ、はい」

シッシ、と手で払うような仕草をするネギシさんを見て、僕はこれ以上何かを言うのをやめる。

砦に向かおうとすると、テグさんがサムズアップする。カグヤさんは笑顔で、砦を右手で軽く示す。黙って何も言わないってことは、さっさと行けってことだろう。

ありがとう、二人とも。

僕は走って、リルさんがいるかもしれない屋上を目指すことにした。

「めっちゃくちゃこえぇ！」

砦の中を走り、アユタ姫の私室がある最上階から窓の外を見た。

いくつかの窓から見上げて回ると、確かに屋上の方向へ不自然に飛び出た突起物が幾つかあった。色は周りと同じだけど、注意深く見れば掴(つか)むのにちょうど良く、足を掛けるのに適切な位置。

僕はその突起物に手を掛けて屋上を目指したのですが、これが怖い！　命綱も何もないままで、下を見れば落ちたら一発で死にそうな高さ！

思わず足が震えて止まりそうになるのをこらえながら、なんとか屋上へ上がります。中途半端に止まったら、もうそこから動けなくなりそうだったのです。

で、なんとか屋上の縁(へり)に手を掛けて、仰向けに倒れるようにしながら転がり込んで上りきりました。

息が上がる。恐怖で手足が震えて力が入らない。

でも、なんとか生きてここに辿(たど)り着いた。空を見上げつつ、息を整える。

「ふぅー……ん？　これがその鐘かぁ……」

首を動かしてみると、前にオブシナさんから聞いた三つの鐘がそこにあった。なんの変哲もない鐘なんだけど、聞き慣れた人にしか聞こえないとかいうやつ。

表面にはそれぞれ数字が書かれている。体を震わせながら立ち上がり、鐘に触ってみた。

なんだこれ？　触ったことのない感触です。

「鉄……っぽくないし、かといってプラスチックっぽくない……てっきり地球っぽい何かかと思ったけど違うや……」

ペタペタ触ってみるものの、何でできてるかわからないのです。ほんとわかんね。硬いには硬いんですけど、金属の硬さっぽさはない。でも表面には金属のような光沢。金属っぽいけど、なんか金属の冷たさもない。じゃあ木材か何か？　と思って軽く叩いてみるが、木材っぽくもない。

プラスチックでもなく、木材でもなく、金属でもない。なんだろ、これ。

「不思議な鐘だ……あれ、そういや」

はたと気づいて、周りを見回してみました。で、気づきました。

「リルさん、いねぇじゃん……」

そう、ここにはリルさんはいない。どこにもいない。影も形もない。

ネギシさんの助言からここに来たけど、当てが外れちゃったな……。溜め息をついて落ち込んでしまいました。

「仕方ない、帰るか……あ」

さらに気づく。

「……また、あの怖いとこを下りないとダメなのか」

登るのすら怖かったのに、下りるなんて怖くて無理すぎる！　試しにもう一度、突起物があった壁面を覗くようにして下を見た。

ヒュー、と吹く風。

遥か遠くにある地面。

無理。足が震えて動けなくなってしまいました。

「どうしよ……」

呆然として言葉が口から漏れる。そらそうでしょ、僕は一般人。普通の男だ。

なんか母さんが凄い人とか、父さんが飛び抜けた人とか、僕自身が知らなかった謎の来歴は判明したものの、僕は普通の人間でしかないんだよ。

高校の時なんて体力測定全てが平均かそこらだぞ。運動部のクラスメイトには決して敵わんぞ。

そんな運動神経平均人間が僕なんだ。怖いところから命綱なしで下りるなんて、相当な勇気を出さないと無理！

「どうしよっか」

とりあえず諦めて、再び鐘の前に立つ。

しかし、見れば見るほど不思議な鐘だ。結局、何でできてるんだろコレ？

そうして触っていると、後ろから誰かが登ってきている気配がした。

「ん？　あれ？　シュリ？」

「えと、リル？」

なんと、僕が登ってきたところからリルさんが姿を現した。え、後から来るのか。もしかして最初から別のところにいたってこと？

なんてこった、最初っから見当違いのところを探してたってことじゃん。ええっ？

「どうしてこんなところに？」

「いえ……リルがここにいるかと思いましたので……リルさんは？」

「リルはただ……ここに変わった鐘があるって聞いたから、見に来ただけ……」

屋上へと器用に登ったリルさんは、僕の隣に立って鐘を観察し始める。

運動音痴の印象があったリルさんだけど、なんだかんだで動きは機敏なんだよな。前に一緒に山や川で遊んだときも、動きが凄く良かった。というか人一倍はしゃいでたよ。

僕の思考とは別に、リルさんはペタペタと鐘に触って悩んでいる様子だった。

「……これ、なんというか……金属じゃない」

「あ、わかります？　僕も金属でも木材でもないって感じがしたんですよ。でもわかんなくて」

「これ、糸だね」

……ん？　リルさんはノックするように叩き、音を確かめて断定した。

「糸、ですか？」

「糸だね」

「あ、金属の糸ですか？　こう、細く糸みたいに伸ばした鉄の糸をより合わせた？」

そうだ、その可能性があった。ちょうどワイヤーみたいに編んで作った、という。

だけどリルさんは首を横に振りました。

「いや、これは完全な糸。蚕(かいこ)から取った、絹糸」

「……絹糸？　シルク？　シルクがこんな⁉」

僕は鐘の表面を触ってみて確認します。確かに金属みたいな綺麗(きれい)な光沢があるから、シルクじゃないかと言われれば、そうかもしれないと思ってしまいます。いや、僕にはそんな観察眼があるわけではないのですが。

だけど、これはどうだ？　金属のように硬く、分厚くて丈夫な物質。触ってみて金属以外の何かかなとは思ったけど、これが金属じゃないってどういうことだ⁉　しかもシルクの類(たぐい)⁉

そんなバカな、シルクがこんなことになるのか⁉

「どうにも金属っぽい見た目と質感で絹糸……なんて」

「疑う気持ちはわかるけど、魔工で調べてみても絹糸としか判断できない。それも、かなり質がよい絹糸をより合わせて重ね合わせて、あとは魔文(マギ・プログラム)をこれでもかと刻んでる」

リルさんは目を細める。

「これを、ローケィが？　嘘だね……あいつにはこんな繊細で凄い仕事はできない」

なんかイラついてる感じだな、リルさん？

「これに刻まれてる魔文と、素材を作る技術そのものがとても丁寧で技術力の高さが見える……あんな奴がこんな素晴らしい物を？　あり得ないね……というか、他の奴の発明品を盗んだと言われた方が納得できる」

「あの、リル？」

「ん？　あぁ、ゴメン。これ、ローケィが作ったって聞いたけど、あのバカにこれが作れるとは思えないから、誰が作ったのかなって」

一瞬、ローケィと言われた人物が誰かと考えたけど、あの工天の女性か。ギィブさんのところで会った、好きになれそうもない盗人か。思わず僕の眉間にシワが寄った。

「ああ、そうだね。無理だね、あいつには不可能だ」

「シュリは刺されたから、なおさらか」

「刺され……ああ、そういえば刺されましたね。なんで無事なのかわかんないけど……」

刺されただろう場所をさすってみる。痛みはないし、痕も残ってない。刺された痕特有の引きつった感じもない。

それどころか、今までの旅で受けた傷すらどこにもない感じだ。痛みも痕も、全部消えちゃったのかってくらい調子がいい。

何があったんだ？　と首を傾げる。

「リル。寝ている間に、僕に何かあったの？　なんか体の傷が全部治っちゃってるんだけど」

「それはおいおい説明するけど。こっちに来て」

僕の質問に答えず、リルさんは僕を手招きする。どこへ行くのかと思ったら、屋上の縁に座って足をぶらぶらさせ始めた。そして、自分の右隣りをポンポンと叩く。

どうやら隣に座れということらしい。僕はその誘いに素直に従って、隣に座る。

風が吹く。いつの間にか爽やかな風と青空が広がる時間と天候になっていたようだ。

「それで？　リルを捜しに来たんでしょ？」

「ええ、そうです」

「……」

リルさんの顔がブスッと不機嫌顔に。ビックリしたけど、すぐに理由を察した。

「ごめん。また敬語を使ってた」

「もう癖だね。悪癖」

「リルさ……リルにだけ当てはまるのは悪癖って言うのかな？」

思わず苦笑してしまったが、リルさ……リルはまだ不機嫌なままだ。

何を言ってほしいのか、なんてすぐにわかる。

「リル、ごめん。刺されるとか誘拐されるとか関係なく、恋人がいる男性が他の女性に軽々しく近づくなんて、いや理由があっても距離感が近すぎる接し方とか今までのような親しさで話すとか、嫌だったたね」

「クウガに相談した？」

「ぎく」

　バレてる。

「な、なんで？」

「そんな考え方、シュリが自分だけでわかるわけないから」

「くっそ、なんかよくわかんない理解のされ方をしてるけど、正解だから反論できねえ！」

　頭を抱えて悔しがってしまったよ、まさにそのまんまだからよぉ!!

　はいはいっ、わかんないからクウガさんに相談しましたよ。呆(あき)れられながら教えてもらったんだよなぁ！　聞くしかなかったもんね！

　悔しがる僕の肩に、リルは優しく手を置いた。

「シュリはもうちょっと、乙女心を理解しとこうね。もう鈍感なの、許されないし」

「あ、はい」

　優しく諭(さと)してくれるリルだが、ちょっと釈然としない。乙女心と言うが、ちょっと前まではハンバーグに魔工に気まぐれでわがままだったじゃん。いきなり乙女になるなんて？

……あぁ、いや、そうか。

「そうだね。リルは、今は僕の恋人だからね」

「んんぅ、そう、その通り」

ハッキリ言ってやると、リルさんは嬉しそうに笑みを浮かべながら顔を赤くした。チョロい。

でも、うん、これでハッキリとした。

「リル」

「なに？」

「僕は目移りしないいし浮気もしない。リルが恋人で、リルが好きだから。だから、他の女性に迂闊な距離感で接しないように、気をつける」

僕は、リルさんが好きだ。いや、リルが好きだ。

好きって言える人が欲しかった、とか、好きになってくれたから好きになった、とか、断じて恋に恋してリルを好きになったわけじゃない。

初めて出会って一緒に旅して、一緒に困難を乗り越えて、一緒にご飯を食べて一緒に過ごしてきた。

今までの日常の中で共にいるうちに、この人を好きになったんだ。

僕のこの恋心に、間違いや迷いはない。真っ直ぐで、言い訳などなく好きだ。

「そう」

リルの顔からふにゃけた笑みが消え、穏やかな表情で正面の風景を見つめた。笑みは浮かべていないが、眼差し（まなざし）が優しい。

「リルも、シュリが好き」

「はい」

「ご飯が美味（おい）しい、優しい、いざという時は動ける。変なところもあるし変なことするときもあるけど、それも好き」

そして、とリルはゆっくりと言った。

「……あのとき、リルがシュリを好きだって言えなかったとき、シュリの方から好きだって言ってくれた。リルに恥をかかさないように、自分から。あれが、一番好き」

噛（か）みしめるようなその言葉を聞き、僕も前を向いた。

「うん。あそこで黙ってたら、きっと僕もリルも……ダメだと思ったから」

「うん……」

僕とリルは、そこから黙ったまま目の前の風景を眺め続けた。これ以上の言葉は不粋だったし、互いに互いが好きだと、相思相愛だって伝わったから。

もう、言うべきことは、言い尽くした。

もう、大丈夫。

そこから数分ほど黙っていたら、リルが口を開いた。

「ねぇ、シュリ」

「何？」

「ん」

す、と僕の手にリルの手が重なる。

伝わる体温に、幸せを感じた。僕は握り返し、どちらからともなく手をつなぐ。

うん、もう大丈夫だ。

「リル」

「何？」

「下りるの怖いから、手伝ってくれる？」

「お前っ!!」

リルに頭をスパーンとはたかれた。ゴメンよ下りるの怖かったんだよっ!!

その後、リルが魔工で屋上に穴を開け、先に下の階に下りて縄を持ってきてくれた。

鐘の柱に縄を結びつけ、下りるための用意をキチンと整えてから、

「もうちょっと根性と体を鍛えとこ」

と、チクリと言われました。ゴメン、さすがに情けなかったよ。

縄を回収して開けた穴を塞いで、二人で食堂へ向かう。ちゃんと下りることができた頃には、昼をかなり過ぎてしまっていたのです。

「もう、みんなお昼を食べた後かな」

リルと並んで階段を下りつつ、僕は聞いてみた。少数だけど、砦に残った料理人さんがお昼を作ったとは思ってます。

「だろうね。さすがに戦闘が激しかったから、空腹。リルもね」

「あ、はい」

「リルも、ねっ」

「ごめんて」

根に持ってやがる。食べ物の恨みは恐ろしいんでしたよ。

「ちなみに、何を食べたい？」

「ハンバー……グと言いたいけど、後にする」

「なぜ？」

自分で聞いておいてなんだけど、てっきりハンバーグと即答されると思ってた。ちょっと驚いた。

「帰ってからにしよう。……ここじゃなくて、みんなで帰ってから」

「ああ、なるほど」

納得した。思わず笑みがこぼれる。この砦ではなく、みんなでスーニティに帰ってから、ハンバーグを食べようと。

料理の味もそうだけど、どこで食べるかを大切にしたいんだと。

「そうだね。……ハンバーグは、大切な料理は、大切な場所で食べようか」

「うん」

リルさんは頷いた。

正直、僕は感動している。というか、心の中で嵐のように渦巻いている思いがある。

これが、これがそうなんだ。

これが、恋人たちが、カップルがする会話なんだ!! と。

年齢がそのまま恋人いない歴だった僕にできた彼女との会話が、こんなに感動するものなんだ!! と。

ああ、長かった。彼女を作ることもなく料理の修業に明け暮れた青春時代。

二十歳になって地元に帰ろうとしたら異世界に飛ばされ、生き残るために必死になって、今に至る。

こんな日常の中で、恋人を、彼女を作ることなんて考えられなかったよ。

それがどうだ!! とうとう恋人ができたぞ！

こんな美人な彼女ができたぞ!!

山岸くんよ、僕を褒めてくれ!!

故郷である遥か遠き地球にいる、僕の親友に向けて思いを吐き出していました。

「どうした、シュリ」

「なんでもないよ……」

僕は慌てて顔を逸らした。

危ない危ない……感動のあまりニヤけづらのまま泣きそうだったわ。見られずに済んだ。

ハハハハッ、これは凄い。これが彼女持ちの余裕かぁ。

高揚する気分を表に出さないように隠しつつ、食堂に入る。人はまばらだ。残っている兵士が数人いる程度。しかも、その人たち全員の顔が暗い。

どんよりとしすぎていて、話しかけるのすら躊躇してしまいました……。そろっと通ろう、彼らも自分の心の整理が必要だと思うし絡まないようにしておかないと。

「……あいつ、友達だったのに……平気で裏切ったんだな……」

「落ち込むなよ……いや、無理か……」

「なんでだよ……姫様の下で戦うの、楽しかったじゃねぇか……なんで……」

盗み聞きするつもりはなかったのですが、聞こえてきた会話の一部分に、僕は思わず眉をひそめました。つらいよな、と心の中で呟く。

ネギシさんと同じ思いを抱いているのでしょう。かつての仲間たちが、唐突に自分たちを殺そうとしてくる。しかも、忠義を誓っていたアユタ姫のためにと心を一つにして、あの修羅場を共に乗り越えようとしてたのに。

でも、そんなもんどうでもよくて、実は『神殿』だか信長だかに忠義を誓ってたときたもんだ。心から仲間だと思ってたのに、心の底では思いを一切共有できてなかった。

ただの裏切りよりも、つらい。

「シュリ」

「うん、わかってる」

リルさんが心配そうに見てくるが、わかってるつもりです。毅然として答える。

変に同情して声を掛けるのは、逆に失礼だ。何も聞かなかったことにする、それが救いになることだってあるさ。

厨房に入ってみれば、誰もいない。オブシナさん……いや、オブシナは向こう側だったからもうここにはいないし、他の料理人さんたちの姿もない。

……まさか、料理人さんの大半があっちに行ってしまった、とか……!? そんな最悪の事態、ある? またスーニティの頃のような地獄は味わいたくない。

「とりあえず、簡単に何か作りますよ」

「……お願い」

どんな食材が残ってるのか。裏切った連中に一割は奪われた、って言ってたけど具体的に何がないんだ？　と、まずは食材庫を覗いてみる。

ほぼ何もねぇ。

奪われたのが一割なんて嘘でしょ、ほぼ何もねぇ。

いや、袋や箱に入ったものはあるんだけど、それが少ない。極端に少ない。

あぁ、あれか。新たに運び込まれてる途中だよな。きっとそうだよな？

「……あとでガングレイブさんに確認してみるか」

確認は必須だ。ここにいつまで滞在するのか知らないけど、全員分の食材があるのかどうか把握しておかないと危険だ。

僕は眉間をぐりぐりと揉みながら、覚えておくことを刻み込むイメージで自分に言い聞かせる。

「残ってるのは……野菜、干し肉、卵……うん、マシか」

袋や箱の中身を確認すれば、そこそこ困らないくらいには、食材の種類がありました。

それと調味料も少々。

だけど、必要量から見れば大したことはない。まだ運び込まれている途中なのか、それとも別の理由があるのか。確認は必須。

そんでもって、これらで何を作るか。

他の人たちに影響のない程度の量で食事を作りたい、と考えて。

ふと、砦の外には畑と畜舎があったはずだと思い返す。そっちに行ってみよう。

厨房の裏から出て、畑と畜舎を確認して、思わず手で顔を覆う。

「そら……そう、か」

かなり荒らされていました。

畑はぐちゃぐちゃ、畜舎は一部破損。畑の畝も囲ってた柵も滅茶苦茶にされている。

戦闘があった後だ、当然と言えばそれまでですが、手で覆った顔の下で僕は怒りの表情を浮かべる。

「……食べ物を粗末にしやがって」

畑には、小さいか、かさばって持って行けないからと捨て置かれたらしい作物があった。大根、ニンジン、ジャガイモなどいろいろと。

でも、またここに戻ってくれば収穫できるのもあったかもしれない。あるいはクズ野菜だとしても動物に与えることも肥料にすることもできる。いくらでも、腹を満たすための使い道があるのです。

だけど、それすらも踏み荒らされ、踏み潰され、台無しにされていた。

畜舎に行ったが、もっと酷い。連れて行けない動物はいくつかシメて、残る牛や鶏なんかは売ってしまうことだってできるのに、無残にも殺されてそのままだ。

幸い、無事な牛と鶏は数頭いる。ほんの数頭だけだ、九割は殺されている。残っている動物たちも恐怖や衰弱で、鳴くことすらなくぐったりとしたままだ。

これは、ダメだ。このままだと残された動物たちまで死ぬ。

慌てて僕は厨房に戻り、リルの横を通り過ぎる。リルが何か言おうとしていたが、目配せしてから食堂へ。

残った兵士さんたちはまだ心の整理をつけようとしている最中でしたが、可哀想だが声を掛ける。

「すみません、手を貸してもらえませんかっ」

「……あ？　どうした、シュリ」

「畜舎に残ってる動物たちが弱り切ってるんです。餌（えさ）やり、掃除、敷き草の取り換えとやることが多いので手伝ってくださいっ」

僕の言葉に一瞬驚いた表情を見せた兵士さんたち。そして、自分たちがどういう状況になっているのか一瞬で悟ったらしく、

「おい、牛や鶏は無事なのか？　いくらかはシメて、残ったのは売却の手続きが終わってる。引き取りに来る奴がいるんだが」

と、一人の兵士さんが努めて冷静に聞いてきました。

僕もできるだけ、事実だけを伝えようと頭の中を整理する。

「……九割は殺されてます。残された動物たちも、衰弱が酷い……。あと、畜舎が一部破損しています。壁に穴が開いたままとか……」

「ヤバい、残った動物たちだけでも保護するぞっ！　おい、お前は残りの奴に声をかけろ！　魔工師も連れてきて畜舎の修理だっ。俺とお前はシュリと一緒に、動物たちの世話だ！」

「わかった！」

「すぐに行く！」

三人とも行動が早い。すぐに走り出してくれました。他に食堂で落ち込んでた人たちもこっちを見ていましたが、どうやら事態を察してくれたようで共に来てくれた。

厨房に戻り、リルは慌てる僕たちを見て怪訝な顔をしていたが、

「リル、力を貸して」

「わかった」

と、付いてきてくれた。すぐに立ち上がってくれるあたり、頼りになる。本当に。

外に出てみれば、畜舎と畑の様子を見た兵士さんたちが絶句している。

「嘘だろ……出ていく前はこんなじゃなかったぞ……」

「さすがに戦闘があったからって……ここまで徹底的にやる奴がいるのか……食いもんの

大切さはわかってるだろうがよ！」

　憤りを隠せない人たちが、鬱憤をぶちまけるように叫ぶ。

　リルはすぐに兵士さんたちの背中を叩き、真剣な顔で言う。

「呆然とするのも怒るのもわかる、でもすぐに直さないと畑も動物たちもダメになるから、急げ！」

「あ、ああ！」

　リルに活を入れられ、兵士さんたちは動き出す。ぶちまけられた野菜の中で無事なものを探し、被害がどれほどかを確認。

　僕とリルは他の人たちと一緒に畜舎へ。改めて中の惨状を見たリルと兵士さんたちは唖然とした。

「……ここまでする？　いくら敵側の資源、食料とはいえ……酷い」

　リルは苦虫を噛み潰したような顔で吐き捨てた。

「俺たちも似たようなことをしたことがある」

　が、兵士さんたちの言葉にリルも覚えがあるのか、すぐに気まずい表情を浮かべた。

「敵の食料とかの戦場の物資を焼き払ったり、台無しにしたり……だが、やられてみると、ここまで心に来るんだな……そら効果的だわ……」

　意気消沈した人たちと同じように、僕の気持ちも沈んでいく。

確かに、相手側の糧食や物資を焼き払う、実った作物や畑を荒らす、土地や建造物を破壊するというのは効果的だし、僕たちだってどこかの戦場でやってきたことだ。

人のことは言えない。こうしてやられてみて初めて、人は自分のやってきたことと、他者が行うことの意味と罪深さ、業の深さを実感する。

戦争だ。戦争だからこそ、敵の心も挫かねばならない。

そうしないと、こっちの心を挫かれて殺される。

……今は、今はそれを考えるときじゃ、ない。

「落ち込むのは、後にしよう」

精いっぱい、僕は声に出した。

「戦争だ。やることもあるし、やられることもある。やられたなら、今は復旧させる。それだけを考えよう」

「その通り。急ごう、資材を持ってくる」

リルがすぐに畜舎の外に走り出す。他の兵士さんたちも自分の頬を叩いたり、太股を殴ったりして、自分に気合いを入れ直していた。

「ああ、そうだ。急いで復旧だ、落ち込んでる暇はねぇ！」

「了解！　俺、敷き草を持ってくる！」

「掃除と……動物たちの死骸を外に持って行く。このままだと腐って疫病を撒き散らすからな」

「餌はどこだっけ!?　餌を探してくる！」

口々に自分がやることを声に出し、走り出して作業を始める。自分がやることを明確に周囲に伝えつつ、誰が何をやるのかを把握する。手伝いが要るなら手を貸し、必要なければ別の作業に取りかかる。

自分のやっていることと他人がやっていることを頭の中で整理しつつ、すぐに最善の行動を取っていた。

凄い、と純粋に思う。戦うだけじゃなくて、いざとなれば鍛えた肉体で何でもやるしできるっ。頭の回転も速く、結束力もあり、連携も取れる。

僕もその中で邪魔にならないように必死に行動する。鶏、牛の様子を見て回った。

痛いのは豚が一匹も生き残っていなかったこと。

豚は基本的に何でも食べる雑食性の家畜です。残飯処理に便利だし、肉は美味いし、含まれる豊富な栄養素は疲労回復に最適です。細かい話は省く。

なのに豚がいない。豚肉を得られない。これはつらい。

しかも最悪なのが、殺された豚たちがとことん食肉利用できないように無残な有様に……くそが、食べるでもない家畜への殺害行為に怒りが湧いてくる。

ダメだ。無事な部位を分けたり、調理方法次第でどうにかなるかとも思いましたが、どうにもならん。とにかくダメになるように殺されてる。致命傷となった切り傷に泥や糞をなすりつけてやがる。

豚たちに手を合わせつつ、弔うことにした。可哀想だが、このままだと不衛生すぎる。残った家畜たちにも悪影響が出る。

周りを見れば、他の兵士さんたちも悔しそうな顔をしながら作業をしている。死んだ牛を、豚を、鶏を外へ運び出している。空になった場所を掃き掃除し、血糊の付いた地面を削り取って処理する。

無事だった牛と鶏の様子を見つつ、まだ大丈夫な動物ともうダメな動物を分けたりもした。死ぬのが避けられないなら、せめてちゃんと食べられるようにしないと……。

供養しつつも、動物たちにこれほどのことをしやがった奴らに、必ず相応の報いを受けさせてやる、という空気がありありと感じられた。

一通り様子を見終わり、僕も掃除に参加する。穴の開いた壁を見ると、外からリルが作業をしていた。板を釘で打ち付けて、応急処置で穴を塞いでいく。トンカントンカンと、壁と天井からも音が。

気になって外に出ると、兵士さんたちが屋根の上で作業をしていた。傍に寄ってきたリルの顔を見て聞いてみる。

「リル、あれって……」

「簡単に調査したら、屋根にも穴が開いてた。これはただの老朽化……雨漏りの修理はしといた方がいい。無事だった動物たちの生存率を少しでも上げた方がいい」

リルは悲しそうな顔をした。

「……こういった攻撃が効果的なのは知ってるし、やったことはあるし、やられたこともある。裏切りもやったことはあるし、やられたこともある。

ただ、それだけ。やられたから、補修作業と復旧作業してるだけ。でも……やっぱり悔しいし怒りが湧く。今度は、こっちがやり返す」

「それは」

ダメだ、復讐(ふくしゅう)の連鎖だ、終わらない。

そういう綺麗事(きれいごと)が口から出る前に、かろうじて口を閉じた。それを言う資格が自分にはない。苛立(いらだ)ちを顔に滲(にじ)ませ、僕は言うべきことを考えた。

僕は綺麗事を口にして、アルトゥーリアでの革命戦争を引き起こしたんだ。

復讐のことだって、篠目がやらかしたアレルギーの知識を悪用したことのケジメを付けさせるとイキがってたし、実際に暴力も振るった。

仕方がない、そういう事情だった、僕にだって理由がある――幼稚な言い訳だ、通用するはずがない。

だから、僕は口を開いては閉じてを繰り返し、必死に考えてから言葉にした。

「それをするなら、僕も一緒に業と罪を背負うよ」

この世界の常識を、戦争がある世界の内情を考えて、せめて一緒に背負おう。一蓮托生。一心同体。彼女の恋人を名乗り、比翼連理となりたいなら、これくらいはしてやりたいじゃないか。

リルは驚いて僕の顔を見た。

「……そう」

目を細めて、畜舎の作業へと再び視線を戻したリルは、

「じゃあ、お願いしようか」

それだけ言って、小指だけを僕の小指と絡ませて強く握る。

これからも、リルは、リルさんは人を殺すし、戦争で勝つためにいろんなことをするだろうさ。

止めるのが恋人の役目だとしても、地球の常識でリルさんを縛るわけにはいかない。

戦場で死なせたくない。死ぬなら、僕も一緒だ。

なので僕にできるとしたら、これしかないんだよと覚悟を決めて、リルさんの指を強く握り返した。

情けない話だが、ここにきてようやく、僕は異世界で生きるということの重さを知った。

郷に入っては郷に従う。

この世界の常識、情勢、在り方の中で、僕は、僕だけは、リルの絶対的な味方でいる。

僕がリルに誠実さを持って接するならば、これを忘れないでおこう。

そう、誓う。


「疲れた。シュリ、ほっぽっちゃったリルの仕事をして」

「やだよ」

一通りの作業の後、僕たちは兵士さんたちに残りの作業を任せて厨房に戻った。

いいかげん、僕もリルも空腹だからね。限界だよ。力が入らん。そこで仕事を押しつけられても断るわ。

「……これから、畜舎や畑はどうなるんだろうね……」

「どうしようもない」

リルは厨房の椅子に座り、机に突っ伏したまま言った。

「畑には人の血が染み込み、動物たちはほぼ死んで、生き残った個体も回復には時間がかかる。アユタの事情もあるけれど、畑と家畜に時間をかけてる場合じゃない。……残念だけど、リルたちはこれ以上関わらない方がいい」

「そう、か」

声のトーンを落とし、僕は返事する。

僕とリルは二人きりで厨房にいる。僕は料理を用意し、リルは作業に疲れて椅子に座って机に突っ伏して半分寝ている状態だ。食堂の方には誰もいないらしく、音がない。

裏の方で声を張り上げて作業する人たちの音が聞こえてくる。もう引き継ぎが終わってるから、僕たちがすることはないんだけど、気になるものは気になる。

「シュリ。……誰かに優しくできることと、誰にも彼にも優しくしようとするのは違うから。関わることのできる範囲は過ぎたから」

「わかってるよ。わかってる、大丈夫。これ以上は大きなお世話だからね」

リルの忠告は正しい。彼らに関われるのは、ここまでだ。

ここからは、砦の主であるアユタ姫と部下のコフルイさんや兵士さんたちが考えること。僕が立ち入る話じゃない。

……僕がここに誘拐されて連れてこられた人間という立場の中で、世話になったことや助けられたという複雑な事情や感情を置き去りにできるなら、だけど。

あー、面倒くせぇ。僕は内心で渦巻くさまざまな感情の整理が付かないままに、腕を振るって料理を完成させる。カン、とおたまで鍋の縁を叩いて、へばり付いていた食材の破片を鍋の中に落とし、皿に盛り付ける。

この鍋、というか中華鍋とおたまはリルに作ってもらったものだ。僕の料理が食べたいからと厨房の器具を見て、使いやすい形にしてやると言われて、お願いしたんだよ。

この中華鍋は馴染んだものではないから使いにくいが、ここで使うだけなら問題はないでしょう。そもそも鍋自体も、使えないからと隅にほっとかれた物を加工した一品。勝手に使っても問題ない……はずだっ。

ダメだったらアユタ姫にお金を払って買い取ろう。ゴメン。

「これ、リルさん……おっと」

「クセはなかなか抜けないね」

リルさん、ではなくリルの前に料理と箸を出したときに思わず出てしまう、さん付け。

このクセを聞いてリルは笑っていた。

「すみません、じゃなくてゴメン。なかなか難しくて」

「それなら気分次第でいいから、やってくれればいい」

リルさんは箸を手に取った。

「いきなり呼び方や話し方を変えるのは、難しい。今は、ただ、久しぶりにシュリの料理を楽しみたい」

「……そうですか。わかりました。頑張りますよ」

互いに、穏やかに笑って、料理を前にする。

今回作ったのは、青椒肉絲。材料は豚肉、ピーマン、タケノコ、醤油、酒、ニンニク、片栗粉、油、砂糖、塩、オイスターソース。

……アユタ姫にいろいろと料理を作るためにあれこれと食材を頼んでいたおかげか、種類はある。が、量が少ないので慎重に使いました。

豚肉を細切りにして、ピーマン、タケノコも細く切りましょう。千切りだね。

次に、切った豚肉を醤油、酒、すりおろしたニンニクに漬けて味を染みこませておきます。

これとは別に、合わせ調味料として醤油、酒、砂糖、塩、オイスターソースを混ぜ合わせて用意。

中華鍋に油を入れて熱しておき、漬けておいた豚肉に片栗粉をまぶしたら炒め始めましょう。

豚肉に焼き色が付いてきたら、切っておいたピーマンとタケノコを加える。

良い具合に火が通ったら、ここで合わせ調味料を加えてさらに一気に炒めて完成だ！

これがまぁざっくりとした青椒肉絲の作り方です。凝ったら凝るだけ食材は増えるし手間もかかるが、その分美味しいぞ！

「では、いただく」

「どうぞ」

リルさんは皿を掴んで口元に運び、肉とピーマンとタケノコを一気に口にかっ込んだ。

こら、行儀が悪いぞ。

だが、頬が膨らむほど料理を口に入れて幸せそうに食べるリルさんを見たら、どうも注意する気が失せてしまう。

仕方がないなぁ、という感じですが、僕も食べることにします。

「うまぁい」

リルさんが幸せそうに言った。

「タケノコとピーマンのシャッキシャキの歯応えが、濃い味付けの豚肉と合わさって絶品。疲れた体によく染み渡る……。

ちょっとねっとりとした濃い味付けの中の、ピーマンの突き抜けるような苦みと香りがいいね」

「それはどうも」

どうやら美味しいらしい。安心した。僕も一緒に食べ始めます。

うん、まぁよくできてる。食材の歯応えは残しつつ、味を引き出せてる。

ピーマンの苦みも、この味付けなら消えちゃいない。良いアクセントになってるな。

これだけ濃い味付けだと、正直日本人としてはご飯が欲しい。一緒に食べればきっと、青椒肉絲(チンジャオロース)とご飯を食べる手が止まらずどんどんおかわりしちゃうだろうな。

ふと、リルさんの顔を見る。幸せそうな顔のままだ。夢中で青椒肉絲を食べ続けている。

「あぁ」

あぁ、どれほどこの時を望んだだろうな。みんなと一緒に、またご飯を食べることができる時を。

目の前にはリルさんがいる。僕の料理を夢中で、美味しそうに食べている。

彼女に、告白した。

彼女も、僕を好きだと言ってくれた。

好きな人と一緒に食べる食事が、これほど美味しく感じられるとは思わなかった。

「シュリ？」

気づけばリルさんに不思議そうな顔で見られてた。なんだと思ったら、頬を伝う涙に気づく。

「シュリ……どうした？」

「ん、あぁ……まぁ、改めてリルさんと生きて会えたんだなって」

涙を拭って料理を口に運んだ。うん、美味しい。

美味しいな。手が止まらないよ。

食べ尽くして皿を空にして顔を上げると、リルさんも同時に食べ終わっていた。

うん、まぁ、言うべきことはわかってる。

「リルさん」

「何？」

「ただいまです」

リルさんは目を伏せて、微笑(ほほえ)んだ。

「おかえり」

ようやく。

ようやく僕は、もう一度会いたい人に、会えたんだと実感できた。

幸せだ。僕は。

百七話　青椒肉絲(チンジャオロース)と二人きり～リル～

「ふん……シュリは何もわかってない」

リルは沸々と湧き上がる怒りを抑えきれず、シュリの部屋を出て早歩きで廊下を進む。

窓から差し込む太陽の光が眩(まぶ)しい、もう正午をだいぶ過ぎたな……真っ昼間に始まった戦闘から怒濤(どとう)の勢いでいろんなことがあったから、すっかり時間感覚が狂ってた。

段々と苛立(いらだ)ちが収まってきて、歩く速さが落ちていく。最後には立ち止まって、窓の外を見る。

「わかってないシュリだけど……いつもの、シュリだったな」

ダイダラ砦(とりで)での戦闘が終わって、まだ数時間しか経(た)ってない。

みんなはいろんな話をするためにバラバラになって、相談事の最中だ。リルはその中を勝手に動いてるの。

シュリと二人きりになることをエクレスとアユタが猛反対したけど、他の人たちによって引きずられて行ったよ。さっさと仕事をしろ。リルもか。

「どうしよっか」

立ち止まったリルは、ちょっと考える。

シュリの言い分を聞いて頭に来たけど、飛び出したからといって行く場所がない。

どこに行っても仕事を押しつけられるし。もう今日はやりたくない仕事はやらない。

でも、暇になっちゃった。

「仕事を押しつけられても、逃げればいいか」

そんな無責任な思考を巡らせ、リルはそれぞれの話し合いに顔を出すことにした。


まず顔を出したのは、ガングレイブとコフルイの二人がいる部屋だ。何かしら二人で話し合いをしているらしく、一応の代表同士の会談、という扱いらしい。

それなら、コフルイではなくアユタが代表じゃない？　と思う。

「なんでなの？」

「挨拶もノックもなしで唐突に部屋に入ってきて、椅子を持ってきて近くに座った第一声がそれだと、なんのことか儂(わし)にはわからんのだが」

「リル。アユタはあんなことを部下の前でやらかしたんだ。代表として立てるには、今はまだ立場が不安定すぎる」

「『なんでなの？』だけでわかるのかガングレイブ!?」

さすがガングレイブ、わかってくれたか。

二人がいる部屋は、砦の中でも綺麗にそのまま残った、本来は書類仕事や事務作業に使うだろう一室。

そこそこの広さがあり、他の部屋の破損が酷くてこの部屋の周辺に近づく人があまりいないため、密談には最適だ。

机、椅子、そして綺麗に整頓されたまま残された書類や筆記用具などが揃っている。壁際には本棚と、なぜか花が咲いた鉢植えが据えられていた。一種の癒やしか。

ガングレイブとコフルイが向かい合うように椅子に座って話し合っていたところで、リルが質問したってこと。

「二人は以心伝心であるのか？」

「そこまでじゃねぇが、こいつの人間性は理解してるつもりだ。そういう質問だろうなと思っただけ」

「正解っ」

元気よく答えるリルの姿に、コフルイが呆れた表情を浮かべつつ、眉間を揉んだ。

「……そうか。まぁ、よい。で、話を戻してよいか」

「もちろん。早く話を終わらせよう。あと、リルを出て行かせるのは無理だから諦めろ」

リルが両手でピースするとコフルイは完全に諦めたように眉間に皺を寄せたまま頷く。

「儂らはダイダラ砦を出て再起を図る。スーニティの近くに逗留することを許してほしい」

「無理だ、諦めろ。その代わり、懇意にしている国への紹介状と、交渉役としての使者を付ける」

「ならばその使者として、シュリともう一人はどうか？」

「シュリは無理だ。別の奴にしろ」

「……で、あろうな。儂とて、無茶を言ってるのはわかっておる」

二人して悩むように唸った。というか、リルとしては聞き捨てならない言葉が聞こえたぞっ。

「待て。シュリを連れて行くな。断じて許さない」

何がシュリはどうか、だ。使者だ。ふざけるな。お前たちがシュリを連れて行ったせいで、リルたちがどんなに苦しんだかっ。

リルが恨み辛みをぶつけようとしたとき、リルに向けてガングレイブが手のひらを向けた。

「言うなリル。それは俺も言いたいことだが……コフルイにとっても初めから無理だとわかってる頼み事……いや、一応の確認だろ？」

「わかっておる。それくらいは、儂とて無理だとわかっておる。むしろ、本当は儂の方がシュリを同行させないでほしいと頼む立場だ」

コフルイはもう一度唸ってから言う。

「……良くも悪くも、姫様にとってシュリの影響は大きい。ここで一度、二人を引き離して冷却期間をおかねばならんよ。そうせねば、姫様が壊れてしまう」

「壊れてしまえばいい。だが……そこにシュリが巻き込まれる形になるのなら、もうリルは一切容赦しない」

ギリギリと拳を握りしめ、コフルイを睨む。奪われてたまるか、こんなところでもう一度離れ離れになってたまるか。どうなったって構わない、相応の報いを受けさせる。

リルの腕にある刺青が、魔力に反応して明滅し始める。リルが本気なのを察したのか、ガングレイブが慌てて止めてきた。

「やめろっ。向こうさんは断られるのを前提で話してるし、シュリは行かないし行かせない。俺が許可を出さないから安心しろ」

「そうは言っても、最終的に誘拐された。同じ事をしないとも限らない。一度やると人の心の戒めは緩む。もう一度同じ事をすればいいと選択肢に入れる。リルはそれが怖い」

ガングレイブも同じ気持ちだったのか、ウッと唸っていた。

脅しのつもりではあるが、リルとしてはこのまま全力で魔工を解き放ってしまってもいいと思えるほどの怒りを覚えているんだ。

リルの様子を見てるのに、コフルイはこの状況でも冷静だった。悲しそうですまなそう

な顔のまま目を伏せる。

「気持ちは、儂にもわかる。姫様が同じようなことになれば儂とて同じ気持ちになる」

「それなら」

「ああ、それだからこそ、儂はシュリを連れて行けんし、姫様とシュリを会わせてはならんと思っている。双方にとって、良い結果にはならん。……もう、シュリが姫様に振り向くことなど、ありえないからな」

　コフルイはリルの顔を見つつ、安心したような目つきをした。悩みと心労が減ったような穏やかな笑みを浮かべてることになんか少しイラッとはしたものの、そちら側がそう認めるのならば文句はないので、リルは魔力を引いて刺青の発光を消す。

「ありえないね。もう、リルとシュリは、そういうことだから」

「それならば、儂も姫様に諫言することができる」

「リル、話が終わったらさっさと出て行け」

　ガングレイブがリルに向けてシッシ、と手を振って、あっち行けと言ってくる。

「あっそ。じゃあもう行く」

「おう行け行け。話が進まんから行け。あと、他の奴らには深夜、日付が変わって日が昇る前には出立すると伝えとけよ」

「……え」

さすがにリルはびっくりしてしまった。

「そんなに早く？」

「当たり前だ」

「そんな、夜中に⁇」

「襲撃を警戒してな」

……あぁ、そういうことか。なるほど、納得。

「コフルイ側も？」

「うむ。……本当のところを言えば、儂らは一度グランエンドに戻る必要がある」

「え」

なんで？　もう、帰る機を逸してるよ？　いまさら帰っても、先に帰った六天将のマルカセとベンカクが罠(わな)を張ってる可能性が高いけど。

いや、いっそのことマルカセたちと一緒に帰れば話が早かったんじゃ？

「リルが疑問に思っていることはわかる。が……手立てはあるようだ」

「？　どこに？」

「リル、言えるのはここまでだ。あとはガングレイブと話すから、部屋を出るとよい」

コフルイの顔を見ても、これ以上話すつもりはなさそう。ガングレイブも同様だ、リルがここにいる限り、本当の話をするつもりはないと言いたげに、目を閉じて腕を組んでいる。

二人きり、二人だけで情報交換する必要のある、機密事項ってことか。

そういうことなら、リルは納得した。椅子から立ち上がり、さっさと部屋を出た。

扉を閉め、次はどこに行こうかと考え、あっさりと決めて歩き出す。

……こういう疑問を解くのは、リルの役目じゃないし。


「というわけで、シュリを勝ち取ったリルが、負け犬たちを笑いに来たよ。きゃぴっ」

「「ぶっ殺す!!」」

なので、リルは今までやられたことの仕返しを考えて、アサギとウーティンとエクレス、アユタのところへ向かった。アユタの部屋で互いに牽制し合うところへ出向き、わざわざ細かく事情を説明して煽ってやる。最高の暇潰しだ。

笑顔で両手の人差し指を頬に当てて可愛いを全面に押し出しつつ全力で煽ってやると、エクレスとアユタが立ち上がって怒りの表情を浮かべた。いや、怒りなんて生易しくない。

憤怒。圧倒的憤怒と殺意。戦場でだって感じたことのない、巨大な感情がリルに叩きつけられる。正直、後悔するほど怖い。足が震えてる。表情は余裕だけど、足は震えてる。

「ふふふ。実に気分が良い。崇め称えろ、お前らの好きはすでにリルのものだ」

「「……」」

「なんか言って。逆に怖い」

二人とも、静かに椅子に座って、机の上にあった杯を手に取る。中にあるだろう酒を一気に呷ったようだ。ゴックゴックと派手な喉の音が聞こえる。

「リル、そこまでにするぇ」

ここでようやくアサギが、呆れたような顔をしながらリルを止めてくる。

「もう、さっきからここ、その話題で殺伐としてたから……勘弁してくれんかぇ？」

「ごめん」

さすがにアサギからの懇願だったら、やめざるを得ないね。ごめん。

ふと、ここでウーティンを見る。静かに座り、杯に注がれた水を飲んでいる。だが、両手には鉄枷が装着されていた。

こっちに敵対して攻撃を加えてきたのだから、当然の処置だと思う。鉄枷の間にある鎖がじゃらじゃらとうるさいけど、仕方ない。

が、なんか手がプルプルと震えてる。顔は無表情のままだけど、杯を持つ手に、ものすごく力が加わってるんだ。怒りで握力が限界突破してる。

ダメだ、油断したらあの握力で握られた拳が、リルの頬に突き刺さる。怖い。

「んで、みんなは他に何の話をしてたの？」

リルは話を逸らそうと、別の話題を持ち出す。近くの椅子に腰掛け、背もたれに寄りかかりつつ足を組んだ。

だが、エクレスとアユタはこっちを見ながら手首足首を動かしつつ、関節を鳴らして、体の調子を整えてる。戦いたくないからやめてくれる？

「何の話か？　決まってる、アユタが貴様を殺す話だ」

「知ってる？　世間の評価で存在を否定されるのと肉体が死ぬの、行き着く先は同じ結末なんだよ。ボクとしてはどっちのツテもあるんだけどどうかな？」

「別の話をしようよ。争いはダメだとリルは思う」

「その紛争の火種を撒(ま)いたのはリルやぇ……」

アユタとエクレスの怒りを見て、アサギが呆(あき)れ尽くしたような溜め息をついた。ごめんて。

「……さっきまでしてた話というか、ほぼ取り調べやんね。ウーティンが何のためにシュリを誘拐しようとここへ来たのか、というのが中心やぇ」

「なるほど」

言われた内容から、リルは思案してみる。さらにウーティンを軽く睨(にら)んだ。

ウーティンはシュリを誘拐しようとした。口実は「安全なところで匿(かくま)う」みたいなやつだが、あの戦いの最中に聞いたことを考えると、なんともなんとも……腹立たしい。

「本当に？」

リルはウーティンへ問いかけてみる。だが、ウーティンは表情一つ変えず黙っている。

……一発で気づく。これはダメだ。どんな尋問も拷問も詰問も、ウーティンは眉一つ動かさず淡々としているだけ。どれだけ体へ危害を加えようと無駄。

オルトロスでも無理だろうな……アレの拷問は苦痛を与えることで自白させることに特化してる。ウーティンはそんなものでは折れない。

心を折るしかないが、それを今ここでやるのはダメだ。またみんなの雰囲気が悪くなる。

「……アサギ」

「ご想像通り……どんなにしても無駄でありんしょう」

アサギは懐から魔工ライターと煙管を取り出し、黙々と喫煙の準備をしていた。ちなみにその魔工ライター、過去にシュリの発想を元に作ってみたやつ。

本人曰く「適切な手順で整えた喫煙の時間はゆったりとでき、これでやる喫煙は風情はないが、緊張を解きたいときには最適」だそうだ。

だが知らんよ風情なんて。本人にとっては大事みたいだけど。

「で、なんでここにエクレスとアユタまで？　アサギ一人でよくない？」

「いや、うん、まぁ……その、なんと言えばいいのかぇ……」

リルの質問に、アサギは目を逸らしながら言い淀んでた。

なんだろうと気になっていたら、ウーティンの両側からエクレスとアユタが詰め寄りつつ、二人で同時に机を叩いた。バン、と派手な音が鳴る。

「んで？　アユタの前で言ったやつ、ちゃんと説明してよ？」

「聞いたよ？　うん？　いやぁ、あんな生き死にの場で、『自分の気持ちは封印する』なんて告白しちゃうとは情熱的だね？」

笑顔なんだけど。目元も口元も笑顔なんだけど。声は怒りを含んで震えてた。

言ったこととは？　とリルもちょっと考えたが、すぐに気づいた。

そういや、こいつはさりげなく言ってやがったなっ。リルは立とうと腰を浮かしたが、すぐに冷静になろうと必死に深呼吸してから椅子に座り直す。

ふぅー、と息を吐いて、冷静に三人のやりとりを見る。

エクレスとアユタが何かとウーティンに突っかかり、詰問を繰り返す。あの言葉の真意はなんだ、お前はシュリについてどう思ってるんだ、となんだかんだと叫び散らかす。

いやぁ。うん、なんというか。

愉悦っ。

「ふへっ」

いかん、思わず笑みがこぼれてしまった。ハッとなってすぐに抑える。アサギも、アユタも、エクレスも気づいてないらしい。良かった。

しかし、三人に目を向けてからウーティンを見ると、静かな怒りで燃えたぎる瞳でこっちを睨(にら)みつけてきていた。

その目だけで全部を悟る。こいつも、本気だったたって。

本気だったけど、諦めたんだって。

諦めてるクセに、どこかで期待してるって。

期待してる自分にも腹が立つけど、何よりも。

「ウーティン」

「……」

「……テビスのために自分の気持ちは封印するって、意味がなかったな」

ウーティンが椅子を倒しながら、勢いよく立ち上がる。机に手を叩きつけ、こちらを睨みつけている。先ほどのようにさりげなく、ではない。明らかな敵意と怒りがあった。

すぐにウーティンは自分が何をしたのかに気付き、無表情に戻ってから椅子に座り直して、澄ました態度を取る。取り繕おうとしてるのがありありと伝わってくる。

この時点でリルは自身の勝利、みたいなものを確信した。胸の奥から熱いものがこみ上げてくる。お前の好きな人は、すでにリルと共にいると。

けど、けども、だ。一瞬でリルは自分を恥じて、ウーティンに向かって頭を下げた。

「ごめん。言うべきじゃ、なかった」

リルの行動に、アサギもアユタもエクレスも、三人とも驚いていた。リルが謝るとは思ってなかったんだろうな。

ウーティンも謝られて驚いたらしく、目を見開いていた。

リルは頭を上げてウーティンの目を見た。

「テビスともアユタともエクレスとも違う。お前、いや、ウーティンのそれは、多分、リルと同じような感じがしたから、というか、その……」

「リル」

ふーっとアサギは紫煙を吐いた。天井へ煙が上っていき、消えていった。

「リルの言いたいことはわかるぇ。伝えたい気持ちのこと、茶化しも嘲(あざけ)りもないこと、誠実で真摯(しんし)であること。全部わかる。けど」

アサギはリルの目を見た。リルの目の奥を見透かすような目。

「死体蹴りにしかならんから、やめるでありんす」

がん、と頭を殴られた感覚だった。リルとしてはなんとか言いたいのだけど、リルの優しさの全てがウーティンにとっては勝者からの施しという、言い方を悪くすれば哀れみでしかないって気づいたから。

ウーティンを見ると無表情のまま杯を持ち、中の水を見続けている。でも、口元は僅かに力が入っていた。よく見れば瞼(まぶた)も微(かす)かに震えてる。

泣きたいのを、必死に我慢してる。

いたたまれなくなって、リルは逃げ出した。

椅子を蹴飛ばすようにして立ち上がり、早足で部屋から出る。後ろからアユタとエクレスがウーティンに何か言ってるのが聞こえたけど、何を言ってるのかわからなかった。

けど、後ろからウーティンの、殺意のない怒りが向けられてるのだけはわかった。

まるで少女が恋敵（こいがたき）を見るような、そんな弱々しい感じだった。


「はぁ……」

リルは大きく溜め息をつきながら、空を見上げる。

アサギの一言が滅茶苦茶効いたからね。あれは、キツい指摘だった。リルとしては気遣いを見せたつもりだったけど、ウーティンにとってはただの屈辱でしかなかったわけだ。

……嫌な女だ、リルは。過去に見てきた色町の嫌な女たちと変わらないじゃないか。

気に入った男について複数の女がネチネチと嫌み合戦、裏では相手を貶（おとし）めようとする。

おんなじだよ、リルもそいつらと一緒。

「嫌だなぁ……」

「何が嫌なのか知らないけど、そこにいるなら手伝ってくれないかしら？」

青空の下、砦（とりで）の崩れた瓦礫（がれき）を運んでいたオルトロスが汗を拭いながら、リルにジト目を向けてくる。

一緒に作業をしてるアドラとガーン、ギングスも、こっちへ視線を向けてきた。

砦（とりで）の各所では戦闘の跡が残っていて、破壊された物品や設備や建物、また血などの汚物があちこちにある。

汚物や破損物の片付けと、瓦礫（がれき）の撤去は徐々に進めてる。オルトロスたちとは別にアユタの部下たちも同様に手を動かしてた。

……この砦を離れるけど、少しでも片付けておいた方がいいのは間違いない。

「わかった」

「助かるわ。じゃ、そっちの瓦礫を砂利（じゃり）くらいに小さくして、運びやすくしといて」

「了解」

オルトロスが指示してきた箇所へ近づき、リルは腕の刺青（いれずみ）に魔力を流――そうとしてやめた。いつもいつも魔碑文刻印（マギ・タトゥー）に頼りっぱなしは良くない。たまには、基本に返ろう。

魔碑文刻印。これの主な効果は『触れたものを魔工道具化させる』といったところかな。

普通の魔工は物に触れて、自分の魔力と物に宿る魔力を操り、性質を変える。

だからリルのように、地面に触れて隆起させたり壁を崩したり、なんてことは簡単にはできない。

でも魔碑文刻印は、触れたものに魔字（マギ・スペル）がなくてもその代用ができる。つまりは魔工道具としての効果を代役させると言った方がいいのだろうか。

地面を隆起させるのも壁を崩すのも、魔碑文刻印による変化と崩壊が刻まれた多数の魔字、魔文（マギ・プログラム）の効果を移していると言えばいいのか。

この効果は手元から離れても短時間だけ発揮することができるから、リルはいろいろとできるわけだ。

今もリルは瓦礫に触れて崩壊と変化と性質安定の魔字の効果を付与しようとしたのだけど、ずっと魔碑文刻印による魔工だけ使ってるのはなんだかなと思った。

だから、リルは丁寧に魔力を練り、触れた物の性質を変えることにする。基本に立ち返ってみよう。

アーリウスみたいな魔法師とリルみたいな魔工師には、普通の人間とは違う魔力路がある。ここに精神力と生命力を流すことで魔力が生まれる。

リルは深呼吸して、体内の魔力路を感じる。そこに意識を向け、力を込めると不思議な温かさを感じた。まるで粘土みたいな塊（かたまり）が人肌の熱を持ってるけど不快じゃなくて、なんか不思議と重さがない、みたいな。

この感想をアーリウスに言ったとき「風情がなさすぎません？」と言われたけど知らない。

生まれた魔力を手のひらへと流し、瓦礫に触れる。瓦礫に含まれてた魔力とリルの魔力が結びつき、その性質を変えるべく操作する。

とりあえず、まずは脆くする。ぐしゃり、と瓦礫が崩れた。乾きすぎた土砂の山みたいな崩れ方。それをどんどん、他の瓦礫にも続ける。

無心で魔力回路に魔力を流す、瓦礫に内包する魔力と自分の魔力を結びつける、魔力を通じて性質を変化させる。

「この基本訓練をするの、久しぶり」

リルは思わず楽しくなってしまった。基本訓練なんて未熟者がすることだ、なんて慢心してた時期があったけど、こうして基本訓練をしてみると自分が慣れでやってるところがわかる。

今まで刺青に、魔碑文刻印にどれだけ頼っていたかがよくわかるよ。基本は大事。

魔碑文刻印による魔工道具簡易生成みたいな使い方ではなく、魔工としての自分と物質の魔力を結びつけた変質。これをゆっくり、確実に、しかし徐々に早くしていく。

足を運び、手を伸ばし、基本に立ち返って。

「待って、待ってリル!!」

と、夢中になっている途中でオルトロスに肩を掴まれて止められた。なんだろう、と顔を上げる。

すでに眼前には、瓦礫なんて一つもなかった。きれいさっぱり、脆くて小さい軽い破片ばかりに。

「もういいわよ。十分にやってくれたから」

「そう？」

「そうよ！　ここからはアタイたちだけで十分よ。ねぇ、みんな？」

オルトロスが三人に話しかけると、三人して意気揚々と答える。手にはすでに鋤が握られていて、瓦礫運びから砂利撤去に作業が変わってた。

「おうよ。ずいぶんと軽くなったおかげで、作業が早く進みそうだ」

「おりゃあも助かるわ。あんがとな」

みんな嬉しそうに答えてくれたので、リルはおとなしく引き下がることにした。確かに、これ以上リルが手を出す必要もないだろう。

しかし、と。リルは自身の手のひらを見る。

「……リルはこんなに魔工が上手かったか？」

以前のリルを基準とし、現在まで研鑽を経たことを考えても、こんなに魔工が上手くなったかと言われたら疑問が残る。

手のひら、手の甲、腕と観察して、刺青にも目を向ける。別にリルの何かが変わったわけじゃないはずなんだけど。

ふと、背中にある〝モノ〟に触れようと首の後ろに手を当ててみる。

ゾワッとした。

「……硬くなってる？」

背中にある〝モノ〟が、前よりも硬くなってる感触があった。前まではこんなに硬くなかった。下手に触ると〝壊れそう〟だったから、あんまり触れないようにしてた。

でも触ってみたら、ちょっとやそっとでは壊れないような、確かな頑丈さを指の感触から察した。

おかしい、リルの体に何が起こっている？　どうしてこうなっている？

背筋を這いずる寒気を押し殺し、リルはあの人に会いに行くことにした。

「あ、リル！　あとでこっちに来なさいな、お礼をするから！」

後ろからオルトロスの声が聞こえるものの、リルは返事をする余裕もなく進む。

この不安を、一刻も早く解消したい。


あの人、というかあの人たちはきっとあそこにいるだろう。

リルは魔工を使って得た内部構造の情報で、重要そうな場所には目星を付けていた。

というのが、ここ。アユタの執務室兼私室。砦の最上階にある部屋。

そこに扉を蹴り開けて飛び込む。バン、と大きな音を立てたために、中にいた五人が驚いてこっちを見た。

「リル？　どうしたのですか、慌てた様子で？」

アユタの執務室は、なんというか今は荒らされてしまっていて、床には書類やら調度品だったものの破片が散らばっていた。まぁ、多分だけどエクレスが書類をかっさらうのにやったんだろうなって。

部屋の奥にいたのが、アーリウスとミトス、そして……。

「あなたに……会って話を聞きたかった……っ！」

急いで走ってきたせいで、息切れして上手く言葉が出てこない。

「大丈夫？　義妹ちゃん？」

リルが視線と言葉を向けた先にいたのが、リュイランと闇天のミスエーだ。この二人が、ここに残っている。なぜかリュイランは下着姿のままだ、服着ないの？

リュイランの足下で縄とベッドの毛布で簀巻きにされて拘束されてるのが、ローケイだろうな。ピクリとも動かない……気絶してるのか寝てるのか。

いや、それはいい。そこは問題じゃない。ズンズンと足早にリュイランに近づく。

「どうしたのさリル!?」

アーリウスの隣にいたミトスが慌てた様子でリルを止めようとするが、無視する。

「リュイランに」

「お義姉ちゃん、ね？」

「お義姉ちゃんに聞きたい事がある」

「そんなにあっさりと受け入れちゃうんですか?」

アーリウスが言ってくるけど、反応する余裕がない。

多分。多分だけど、リュイランはこれだけ言えばわかるはずだ。リルはリュイランの耳元で小声で言った。

「……硬くなった」

クワッ、とリュイランの目が見開かれ、リルの顔を見る。本当か、嘘じゃないか? どうしてそれを知ってる、いやそうなってるからなのか? さまざまな疑問がリュイランの目に宿っているのがわかった。

リルは背中、首筋よりも下の辺りを親指で示す。リュイランは慌ててリルの背中に触り、さらに目を見開く。

「……そんなっ……?! り、リル。リルは、魔工だけしか使えない、魔法は、使えない、魔工だけ使える、だよね??」

「うん」

「あ、りえな、い……いや、反動? 違う、可能性として、あるのは……」

リュイランはリルの手を両手で握り、目を閉じる。リルの中に、不思議な温かい何かが流れるような感触があった。

決して不快なものじゃない。それどころか、どこか心地よい。それがすぐに通り過ぎていく。

リュイランが手を離すと、悲しそうな目をリルに向けてきた。

「……違う。リルは間違いなく魔工しか使えない。魔法の適性は、ない」

「？　そっか」

魔法の適性がないのはリルが一番よくわかってる。それをリュイランが改めてリルに告げるなんて、どんな問題があるんだろ。

さらに、リュイランが悲しそうな顔をする理由がわからない。落ち込んだ様子でリュイランは言った。

「……あとでシュリと一緒に来て。二人に、説明しておかないとダメだから」

二人で、という意味を察してさすがのリルも冷や汗を流した。

「……よっぽどマズい？」

「それも含めて後で話そう。今は」

唐突にリュイランは冷静な表情のままで、ローケィの顔面を蹴り飛ばした。ガンッ!!

と激しく肉を打つ音が響いた。

思わずリルがビクッと肩を震わせるほどの豹変（ひょうへん）だし、アーリウスとミトスが平然としてるのも不自然すぎる。なんだ、なんだなんだ？

「ちょ、お義姉（ねえ）ちゃん」

「大丈夫、こいつはこんなんじゃ死なない。いや、死ねないから」

もう一度リュイランはローケイの顔面を思いっきり蹴る。下手したら、いや首を折って顔面を潰すくらいの勢いで蹴ってる。

ここで殺す気かっ、と慌ててリュイランを止めようとしたときだった。

「いってぇなクソババァ‼」

グリン、とローケイがリュイランを睨んだ。

ありえない首の可動域でリュイランを真っ直ぐ睨む形。ありえないほどに頑丈なのか無傷の顔で、だ。

思わずゾッとした。ローケイは、いったいなんなんだ、こいつ何者だ⁉　と心の中がざわめく。

「お前、お前なんなんだ！　アタシ様が魔工を使えないとは、何をしたんだ‼」

「いや、お前は何なんだよ」

リュイランは至極冷静に、ローケイの前で膝を折って見下すように睨む。

「ローケィ、だったね。質問に答えてくれる？」

「その前にアタシ様の質問に答えろ！　魔工を使えなくするなんて」

「あー、ローケィ。まずは自分の体を見てみようか」

静かな、諭すようなリュイランの言葉に、ローケィは唸るようにして言葉を止める。

そして、視線と首を動かして自分の体を確認している。その間も、首がありえない角度で動きながら、両目もそれぞれバラバラに動いていた。

「うぇ……」

あまりの衝撃的な光景に、ミトスは口元を押さえて視線を逸らす。仕方ない、リルだって気持ち悪い。こんな、人体の限界を超えたような動きを目の前でしてるんだから。

ローケイは一通り確認し、再びリュイランを睨む。悪態をつこうとした瞬間、どうやらローケイは気づいたらしい。口の動きが止まった。

「……おい」

「なに」

「あ、アタシ様、アタシ様は、今、全身を簀巻きにされてるんだよ、な？」

自分の状態の再確認。リュイランは静かに頷いた。

「じゃ、じゃあ、なんで、なんでアタシ様は背中も前も、視界がハッキリと見えるように、首が動いたん、だ??」

「それはもう」

ローケイの困惑した様子。対してリュイランは立ち上がると、ローケイに背を向けた。

ゴキゴキ、という音と、ギギギ、という異音を鳴らしながら、リュイランの首が不自然な方向から絶対に曲がらない角度で真後ろへと捻られる。

そのままリュイランは顔が上下逆さまのままで、ローケィを真っ直ぐ見据えた。

「こういうこと」

明らかに喉は潰れているし呼吸なんてまともにできるはずがない、肺の空気なんてまともに口から出るはずがない、というか首が折れて死んでるはずだ。

なのに、リュイランは平気な顔をしてるし、つらそうな様子もない。にっこりと笑ってる。

想像を絶するほどの恐怖を感じさせ、吐き気を催させる、悍ましいリュイランの肉体。

実際、ミトスは窓を開けて嘔吐していたし、アーリウスは口元を押さえて涙目のまま吐き気を堪えていた。リルは平気な顔をして、なんでもないフリをするけど、ちょっとでも動いたら吐く。

だが、もっと青い顔をしていたのはローケィだった。

キミはこれとおんなじ動きをしてたんだよ？　と示されたこいつの心境は荒れ狂ってることだろう。

「……リュイラン。説明が、欲しい。うぇ」

黙って見てるわけにもいかない。リルは吐きそうになりながらリュイランに聞いた。

「何？」

ゴキゴキ、ギギギ、メギメギグギ、と異常な音がリュイランの首から出てる。元の首の位置に戻ったけど、恐怖しかない。リルは必死に平静を装いながら聞いてみる。

「それ、どういうこと？　一から全部説明してほしい」

「まあ、しないとダメ……だね。ただ、全員集めてから説明したほうがいいと思う」

リュイランはリルに目配せした。

「……リルのことは、その後で」

小さな声。リルにしか聞こえないように配慮しただろう内容。

「そ、それでは、すぐにでも、みんなを集めておぇ……」

「そうだね、アーリウスの言う通りだ。みんなを食堂に集めてほしい。主要人物全員ね」

「わかりました」

アーリウスはそのまま部屋から出て行く。早足だったから、一刻も早くこの場から離れたかっただけなのかもしれない。

ミトスに至っては窓の外に唾を吐いて口の中をスッキリさせて、しれっと部屋から出ようとしてた。

「リュイラン、ミトスも？」

「ミトスも吾(われ)と一緒に行くんだ。ローケィの監視は誰かに任せよう」

「へぁ」

変な声で返事をするミトス。

リルは急いで部屋を出た。さすがにあれを見たらリュイランと一緒にいようとは思えない。すまん、慣れるまで待って。

どうしようか、この後……と思って他の窓から下を見ると、そこにテグとカグヤとネギシが見えた。ああ、そういえば砦から出て行った荷馬車を追っていたって話だっけ。

ジッと見てると、テグがこっちに気づいた。ちょっと驚いた顔をしてる。なんで？

「リル！　シュリと会わなかったっスか⁉」

「会ってないけど？」

そういやシュリはどこにいるんだろ。そろそろ反省したかな、とか考えてみる。

「じゃあ、そこから屋上に行くっス！」

「なんで？」

「そこにシュリが待ってるっスから！」

「おいテグ！　そろそろ仕事に戻ってくれよ！」

「わかったっスよ、ネギシ！　じゃあリル、屋上っスよ！　屋上！」

ネギシの呼びかけに、テグはそっちの作業に戻っていく。どうやら荷馬車の中の荷物がどれだけ無事かの確認をしてるみたい。帳簿を手に持って何かを書き込んでる。

あと、カグヤが荷車の近くで、ぐったりとしてる兵士の介抱をしてた。戦闘があったみたいだな……何があったのか、あとで聞いてみるか。

カグヤがリルの視線に気づいたらしく、こっちを見上げてきた。微笑を浮かべて手を振ってきた。リルも返しで手を振ってみる。

するとカグヤの手の形が変わり……唐突に人差し指で屋上を示す。ビシッ！　て感じの勢い。

あ、屋上に行けと、はい、わかりました。勢いが強すぎて頷いちゃった。

仕方がない、行くか。屋上に行くには……確か出っ張りがあったとかなんとか。窓の上を見ると、ちょうど出っ張りが見えた。

この上にいるのか。じゃあ、行ってみるか。

リルはシュリと何を話すかを考えながら屋上への出っ張りに手を掛けた。

すいすいと登っていく。結構登りやすいな、これ。下りるときも楽そう。飛び降りればいいし。でもシュリには無理だろうな、とクスッとしながら登ると、そこには三つの大きな鐘を観察しているシュリの後ろ姿があった。

ああ、やっぱり。ダメだ、思わずニヤけちゃう。やっとシュリが戻ってきた事実に何度でも嬉しさがこみ上げる。

でも、それを表に出すのはなんか悔しいので、いつもの無表情に戻る。

「ん？　あれ？　シュリ？」

「えと、リル？」

声を聞いて、目を見て、姿を見て、感激がこみ上げてくる。

けど、表に出さないように努めよう。

「どうしてこんなところに？」

「いえ……リルさんがここにいるかと思いましたので……リルさんは？」

「リルはただ……ここに変わった鐘があるって聞いたから、見に来ただけ……」

なんか、素直に嬉しそうにするのは悔しい。

「疲れた。シュリ、ほっぽっちゃったリルの仕事をして」

「やだよ」

その後、鐘の秘密を探ってみたり、破壊された家畜小屋の修理に走り回ったり。

一通りの作業の後、厨房に戻ったリルは疲れ果てていた。ご飯も食べずに頑張りすぎたよ、ほんとにね。

いいかげん、空腹だよ限界だよ力が入らないよ！

仕事したくないから押しつけようとしたのに、断られたので悲しい、クスン。こういうときこそ助けてくれるのが恋人ではなかろうか。ないな、違うか。

「……これから、畜舎や畑はどうなるんだろうね……」

「どうしようもない」

リルは厨房の椅子に座り、机に突っ伏したまま言った。

「畑には人の血が染み込み、動物たちはほぼ死んで、生き残った個体も回復には時間がかかる。アユタの事情もあるけれど、畑と家畜に時間をかけてる場合じゃない。……残念だけど、リルたちはこれ以上関わらない方がいい」

「そう、か」

リルの答えに、シュリは声のトーンを落として返事する。

二人きりの厨房で、シュリは料理を用意し、リルは作業で疲れて椅子に座って机に突っ伏して半分寝ている状態。食堂の方にも今は誰もいないから音がない。

だが裏の方では声を張り上げて作業する人たちの音が聞こえるな。もう引き継ぎしてるからリルたちがすることはない。

なのに、シュリはチラチラとそっちを見てる。こういうところ、優しいとかお人好しとかを通り越して阿呆(あほう)の類(たぐい)だろう。なので、リルは苦々しい表情を浮かべながらシュリに言ってやる。

「シュリ。……誰かに優しくできることと、誰にも彼にも優しくしようとするのは違うから。関わることのできる範囲は過ぎたから」

「わかってるよ。わかってる、大丈夫。これ以上は大きなお世話だからね」

シュリの顔に、複雑そうな色が浮かんだ。

ここからは姫であるアユタが考えりゃいい。さすがにシュリも、自身が立ち入る話じゃなくなってるのはわかってるはず。

ま、なんだかんだ言ったってシュリは情に厚い。ここで受けた恩や感情を切り離せったって無駄だよ。ほっとこ。

そうこうしていると、シュリが腕を振るって料理を完成させる。カン、とおたまで鍋の縁を叩(たた)いてへばり付いていた野菜だか肉の破片を鍋の中に落とし、皿に盛り付けていた。

あの鍋、たしか中華鍋とかいう代物とおたまはリルが作ったものだ。久しぶりにシュリの料理が食べたいからね。残されていた厨房(ちゅうぼう)の器具を見て、勝手にシュリが使いやすい形にしてやった。

手際よく料理を盛り付けたシュリがこっちを振り向いた。

「これ、リルさん……おっと」

「クセはなかなか抜けないね」

思わず笑っちゃったよ。やっぱり、こういうところはシュリのままだな。

リルの前に料理と箸が置かれたときに思わず出てしまう、シュリのクセのさん付け。

笑うしかないでしょ。

「すみません、じゃなくてゴメン。なかなか難しくて」

「それなら気分次第でいいから、やってくれればいい」

リルは箸を手に取った。

「いきなり呼び方や話し方を変えるのは、難しい。今は、ただ、久しぶりにシュリの料理を楽しみたい」

「……そうですか。わかりました。頑張りますよ」

互いに、穏やかに笑って、料理を前にする。

用意されたのは、シュリ曰く青椒肉絲とかいう料理だ。

ピーマンに肉、濃いめの汁。仕事をして疲れた体に染み渡る、いい匂い。

「では、いただく」

「どうぞ」

リルは皿を掴んで口元に運び、肉とピーマンとタケノコを一気にかっ込んだ。行儀が悪かろうが関係ない、お腹減ってるんだよっ。

だが、頬が膨らむほど料理を口いっぱいに入れて食べると幸せな気持ちになる。

視線だけ向けてシュリを見ると一緒に食べていた。一緒に食事ができるのがこれほど嬉しいとはね。

誘拐されて生き別れた形となってたから、ことさらだね。

「うまぁい……タケノコとピーマンのシャッキシャキの歯応えが、濃い味付けの豚肉と合わさって絶品。疲れた体によく染み渡る……。

ちょっとねっとりとした濃い味付けの中の、ピーマンの突き抜けるような苦みと香りがいいね」

このしょっぱさのある旨(うま)みと味の濃さが、ちょうど今のリルにとって最高。

さらにはシュリの久しぶりの料理ともあって、美味(おい)しさは倍増している感じだね。

口に運べば運ぶほど、ピーマンのシャキッとした歯応えと苦み、風味で、疲れた頭が癒やされて冴(さ)えてくるようだ。

一緒に肉を食えば、そのまま体の活力になるのがハッキリとわかる。頭の疲れと体の疲れが吹っ飛ぶようだ。

「それはどうも」

顔を上げてシュリを見ると、なぜか泣いていた。普通に食事をしているのに、泣く要素なんて何もないはずなのに、なんで泣くんだろうか。

ジッと、シュリを見る。何を考えて、どうして泣いているのかを考えてみた。

「シュリ？　シュリ……どうした？」

「ん、あぁ……まぁ、改めてリルさんと生きて会えたんだなって」

シュリは涙を拭って料理を口に運んだ。

ああ、なるほど、そうか。うん、そうだったんだ。シュリもリルと同じ気持ちでいてくれたのか。

なら、これ以上の言葉は不粋だろうさ。

料理を食べ尽くして皿を空にして顔を上げると、シュリも同時に食べ終わっていた。

うん、まぁ、言うべきことはわかってる。

「リルさん」

「何？」

「ただいまです」

リルは目を伏せて、微笑（ほほえ）んだ。

「おかえり」

シュリがやっと帰ってきたんだ。

リルは手で顔を覆い、ちょっとだけ泣いた。


二人の食事が終わり、皿を片付けた後。リルとシュリは隣り合った椅子に座って、少しだけ静かな時間を過ごした。

いつまた、何が起こるかわからないから。少しだけでいいから、二人の静かな時間が欲しいとリルがわがままを言ったんだね。シュリはそれに答えてくれた。

でも、わがままを言う時間はこれで終わり。

「シュリ」

「なんでしょうか？」

「実は……リュイランから、ローケィのことについて話があるって。全員が食堂に集合することになってる」

シュリは驚いた顔をしてリルを見た。

「……あの人について？」

「全員に関係あるってことだと思う。あと、リルの体のことについてもシュリと三人で話があるとも言われている」

「……どういう話か聞いても？」

「リルにもわからない。けどリュイランから見て、リルの体は良くないことになってるみたい。だから」

リルはシュリの目を見た。

「リルと一緒に、リュイランの話を聞いてくれる？」

百八話　歴史のお話 ～シュリ～

リルさんと二人で食堂に行くと、すでにガングレイブさんとアーリウスさんがいました。

先ほどの僕たちと同じように、静かに二人で過ごしている様子。邪魔しちゃ悪いな。

「何してんの」

おおぉいリルさん⁉　何してんのって⁉　思わずリルさんを「マジかこいつ⁉」みたいな驚愕(きょうがく)の顔で見てしまう。

で、ガングレイブさんとアーリウスさんは僕たちに気づいて、慌てて離れました。

二人して何もなかったように姿勢を正して、ガングレイブさんは大きく咳払(せきばら)いをしてから僕たちに向き直ります。

「なんだ、二人か。どうした、そんなところで。早くこっちに来て座れ」

「何をいまさら取り繕ってる⁇」

「リルさんっ、やめるんだっ」

キョトンとした顔で言うリルさんを、僕は諫(いさ)めた。こ、こいつ、どこまでもデリカシーのないことを言いやがるっ。アーリウスさんなんて無表情なうえに目が笑ってねぇ。

「なんで？　アーリウスは食堂からリルたちの様子を見て、羨ましそうにしてたのに」

「覗(のぞ)き見してたの……⁇」

「覗き見してた。で、真似してた。だから、いまさら」

リルさんはそのまま、ガングレイブさんの向かい側に椅子を置いて座った。その隣に僕が座って、ガングレイブさんとアーリウスさんと向かい合う形になる。

するとアーリウスさんが口元に手を当ててクスクスと笑いました。

「アーリウス？」

ガングレイブさんが、どうしたのかって感じでアーリウスさんに聞きました。

「いえ……なんだかんだで、収まるべき所に収まっているのだな、と思いまして」

この場にいるアーリウスさん以外の三人が、理解できないって感じの困惑顔になった。

少し考えてみて、理解した僕は顔に熱を感じました。ちらりとリルさんを見れば、そっちも微妙に顔が赤い。視線を逸(そ)らして誤魔化してるな。

で、ガングレイブさんを見ればニヤニヤと笑ってる。こ、こいつ。

「そうだな。収まってるな」

「なんですガングレイブさん何を言いたいんですか？　ほら、言ってみてくださいよ」

「朴念仁(ぼくねんじん)がようやく身を固めたんだなと思って笑ってる」

「こ、こいつぅっ」

拳を握りしめて殴りたい衝動を抑える。この、愉悦顔になってるガングレイブさんに、一撃ぶち込みたいって気持ちでいっぱいだっ。

だが、やらない。事実なのでやらない。朴念仁、ヘタレだったことは否定できないし。アーリウスさんはこちらを微笑（ほほえ）ましく見てるし、リルさんは何も言わない。ガングレイブさんはニヤニヤとしたまま。

くそ、覚えてろよ。

「お、もう来とるんか」

「早いっスね」

声に気づいて振り向くと、他の面々が次々とやってくる。

ああ、懐かしい面々だ。クウガさん、テグさん、カグヤさん、アサギさん、オルトロスさん。大切な仲間たち、友達、親友。

思わず泣きそうになるけど、堪（こら）える。まだ、泣くときじゃない。

さらに後ろからはエクレスさん、ギングスさん、ガーンさん、アドラさん。グランエンド側はアユタ姫、ネギシさん、コフルイさん、ミコトさん、ビカさん。さらにヒリュウさん、ミトスさんと、主要人物が次々とやってくる。

懐かしい人たちとの再会と、みなが無事であったことに安堵（あんど）する。良かった、みんな無事だったか。

「みんな、集まったかな？　ここを出る前に、みんなに話をしておきたかったんだ」

最後の一人が、現れた。開いた扉、みんなの後ろからするすると通り過ぎて、姿を現す。

アスデルシア、ではなくリュイラン・アズマこと姉さんとミスエーさん。

全員の視線が、二人に注がれた。

「じゃあ、話を始めようか」

まるで演説を始めるように、姉さんは手を広げて堂々と言った。

「昔話、この大陸の本当のお話を」

「その前に姉さん、服着たら？　なんでまだ下着姿なの？」

「ここでツッコミはなしだよ弟くん。それと、吾の美しい肢体は恥ずかしくて隠すようなものじゃない。むしろ隠すところは何もないんだから、見たい者に見せるべきなんだ。この究極の美しさをね」

「本音は？」

「吾、元々裸族。裸の方がいいし楽。この下着も我慢して身に着けてるだけ」

姉は痴女の類かもしれない。

姉さんとミスエーさん以外の全員が椅子に座り、二人は全員を見渡して腕を組んだ。

「んで……どこから話したらいいのかな」

姉さんは困ったように苦々しい表情を浮かべた。

「話すことが多すぎて、何から話せばいいかわかんないな」

「質問、いいですか！」

「はい、弟くん！　いいね、最初の質問は大事なこと！　後で頭を撫(な)でて褒めてあげる！」

「なんでミスエーさんがそこにいるんですか？　その人、向こう側の人じゃないんですか？」

なんか姉さんが言ってるが、無視。まず聞いておきたいことを聞こう。姉さんがふくれっ面をしてるけど、知らんぷりだ。

「言われてみればそうだなぁ」

椅子の背もたれに体を預け、頭の後ろで手を組んだビカさんが言った。

「そいつ、信長派じゃねぇのかなぁ？　姫様を連れていこうとしたんだろぉ？　それとも、聖人様がグランエンドに潜り込ませてた間諜(かんちょう)か何かかぁ？」

確かに、とコフルイさんがミスエーさんを睨(にら)みながら言う。

「儂(わし)らは、味方となり得るものを考えておった。六天将の中で確実にこちらに付くのは、ビカとミコトだけとも思っておったわ。マルカセ、ベンカク、ローケィは向こう側なのは確実、ミスエーは不確定とな。お前、姫様も国主様……ギィブ様も裏切っておったのか？」

「……」

ミスエーさんはチラ、とコフルイさんを見た。すぐに興味をなくしたように天井を見上げ、何も言わない。

……本当に何も言わない。ボーッとしてるだけか？　無視されてるような形となったコフルイさんは、苛立ちを隠しきれず顔をしかめた。

「ごめんねぇ、ミスエーは吾の仲間なのは間違いないよ。でも、間諜ではないよ」

「間諜ではないだと？　何が言いたい……ミスエー、この六天将の恥さらしめ、私がここで殺してもいいくらいだ」

ミコトさんが大薙刀を握る手の力を強めた。この人、この場に来てからずっと武器から手を離さない。すぐに姉さんに斬りかかれるように警戒してる。

姉さんは苦笑しながら答えた。

「待った待った。ここで戦わないでよ。……ミスエー、耳を」

ミスエーさんはリュイランさんの言葉を受けて、髪を掻き上げて耳を晒す。

その下にあったのは、長い耳。人間のそれとは違う形状をした、先が尖った長い耳。それがピクピクと動いていた。

　他のみんなが驚く中で、僕は二つの真実に気づく。

「まさか……『霊人族(エルフ)』？」

　僕の呟(つぶや)きに、全員の視線がこちらへ向けられる。なぜ知ってるんだ、と言わんばかりの目だ。でも、僕はもう一つ気づいたことを姉さんに聞かないといけない。

「もしかして……エルフという種族名を決めたの、父さんなの？　姉さん？」

　そうだ、都合良くこちらにもエルフという名前があるわけがない。地球なら馴染(なじ)みのある名称が、ここで通じるなんてこと、あると思っちゃいけない。

『当方』ことガンリュウさんは言った、エルフ、と。この、地球ではない世界にエルフという名前があり、それが通じるってことは誰かがそれを伝えたってことになる。

　僕と同じ、地球人が。それも、僕と同じ時間軸というか時代に生きてる人が。

　山岸くんはこの世界に来ていたが、彼がエルフなんて名前を広めるわけがない。

　というか山岸くんはガンリュウさんと接触する機会なんてなかったはずだから、ガンリュウさんに「エルフ」という名前を伝えられるはずがない。また、姉さんが、リュウファさんの体から現れたガンリュウさんを見て、驚いていたことからもわかる。

　つまり、当時姉さんは山岸くんと共に行動をしていたし、そのときにガンリュウさんと接触していたのならば、『リュウファくんの中に潜んでいたのか』なんて言わないはずだ。

久しぶりに怨敵に会ったなんて反応も見せないだろう。

なら、ガンリュウさんに『霊人族』という名前を教えた人が、他にいるはずだ。姉さんも知ってるなら、かなり昔。

　想像と妄想の域を出ない考え方だけど、これしか考えられなかった。

「ガンリュウさんがエルフという言葉を使った。姉さんも知ってる言葉だった。姉さんの様子からガンリュウさんと姉さんはこの砦で再会したのだとすると……僕が知ってる中で、一番昔の時代にいたのは、父さんしか思い浮かばない」

「……正解」

　姉さんは微笑を浮かべながら言った。

「吾とガンリュウが再会したとき、シュリは刺されて意識を失ってたはずなんだけどね。どうやら、母さんはその間の記憶を上手く補完してたのかな」

「……あ」

　確かにそうだ。僕は口を押さえて吐き気を堪える。その前に、僕はローケィに刺されて意識を失っていた。死ぬ、という覚悟を決めてたはず。

なのに、そのときの記憶がある。これも……母さんが？　頭の中にある、まるで母さんが僕の体を操って喋っていたかのような記憶は、そのときのか。

「話を戻そうか。ミスエーは、人間じゃない。エルフ、霊人族と呼ばれる進化した新人類す」

「……新人、類？」

アサギさんが顔をしかめ、煙草（たばこ）に火を付けていた。

「気味の悪い言葉やぇ。まるで、わっちらが最終的に耳が長くなるみたいな話でありんす」

「良い言葉だ。みんなの反応も上々。前提の条件が共有できたから、話をするよ」

ミスエーさんが懐から何かを取り出し、姉さんに渡した。

姉さんはそれを受け取りながら、みんなの前に示す。

手にあるのは、桜色の鉱石。

「全てはこの魔晶石……いや『星崩鉱（せいほうこう）』が発見されたことが悲劇の始まりだったんだ」

姉さんは机の上に魔晶石を置き、無表情で言う。

「以前、この大陸の外には複数の国があった。その一つにアプラーダという国があってね。吾（われ）とシュリの母親、スイリンの故郷なんだ。今から話すことはそこで起きたことで、遥（はる）か昔のお話だ」

「故郷？」

エクレスさんが聞き返す。

「正確には、その国の王族だね。母さんは、末の姫だったんだ」

え、王族？　母さんが、姫様？

思い返す、母さんの記憶……動画サイトにめちゃくちゃなネタをアップしては炎上し、コアなファンを作り、あちこちで迷惑をかけまくってた母さんが……お姫様？

「ぷっ……！」

「シュリ？」

「ごめんなさいカグヤさんっ、母さんは、お姫様なんて全く思えないような変人だったからついっ」

みんなの冷たい視線が僕に突き刺さる。ごめんて、本当に信じにくかったんだって。

「話、続けていい？」

「ごめんなさい」

姉さんにも白い目で見られてしまった。ここからは黙ろう、お口チャックだ。

「ごほん……母さんは文字通りの天才だった。当時、命を削ることで使うことができていた魔法の御業(みわざ)を、命を削らずとも使う方法を確立した。賢人魔法、と君たちが呼ぶものの一歩手前のような魔法をね。そして、記憶力が凄(すご)く良かった。一度見聞きしたことを絶対に忘れないほどに。

剣に関しても他の追随を許さないほどに強かった。尋常じゃないほどの怪力と繊細で器用な技の数々を持ち、あらゆる武器を使いこなした。その姿はまるで未来を見通しているかのようで、あとは魔工の技術を体系化して学問として発展させた。国の政さえも、問題なくこなすほどだった」

「本当に人間……ですか？　賢人魔法の祖と言われても、実感が……」

アーリウスさんが困惑したように言った。他のみんなも同様だ。ヒリュウさんなんて嘲笑してる。

「信じられないな、そんな人間がいるものか。政務と軍務、己の剣の訓練と魔工の技の鍛錬をしてる俺から言わせてもらっても、時間が足りない。人間、眠らずに時間を無理やり捻出させることだってできるが、それにだって限度がある。ありえない、物理的に学問と武術を極める時間なんて、人間の一生じゃ足りないぞ」

ヒリュウさんの指摘はもっともだ。クウガさんとミコトさん、ビカさんまでもが納得したように頷いている。僕だって、ヒリュウさんの指摘は理解できる。

「人間の一生じゃ足りないと言うが、母さんは人間を超えてるんだ」

対して、姉さんは溜め息をついて答えた。

「……まぁ、それは置いておこう。ショートスリーパー体質とか明晰夢を使ってたっていうのは、この話には関係ないし」

ポソ、と呟いた内容を僕は聞き逃さなかった。が、それを指摘するのはやめる。口を挟んで話を途切れさせるのはダメだからね。ただ、とても気になる内容だ。僕はちょっとだけ目線を上に向けて考えてみる。

ショートスリーパー体質。要するに短時間の睡眠で体の健康が維持できることだ。睡眠不足でフラフラすることもない。普通の人が7時間か8時間睡眠のところを、この体質の人は4時間から6時間睡眠で大丈夫だと聞いたことがあります。

次に明晰夢。これは「夢を夢と認識できる」状態を指す。寝ている間に「これ夢だ」と気づくと夢の内容を自由に操れる、と聞いたことがありますね。夢の中で勉強とか訓練をしてたってことかもしれません。

ただ、無理にこれをやると睡眠障害、疲労蓄積、精神疾患と日常生活に支障を来す可能性があるので、オススメはできません。

「あー……それなら可能かぁ……」

ただ、やっていたのが超人である母さんなら納得できる。あの人、病気とか疲労とかで寝込んだのを見たことがない。ものすごく元気なところしか思い出せない。

ここで視線を感じてそちらを見ると、クウガさんがジッとこっちを見てた。僕の呟きを聞いて何か思うところがあったのかな、目が怖い。じーっとこっちを見てる。

思わず視線を逸らしてしまいました。怖いよ、あれ。

「コホン……！　ともかく、母さんはあるとき隕石を見つけた。拳大しかない石を割った中から出てきた、指先程度の大きさの魔晶石……星崩鉱を見つけたんだ」

「ちょっとゴメンね、その星崩鉱っていうのは魔晶石の本来の名前でいいのかしら？」

「その通りだよオルトロス。魔晶石は本来、星崩鉱って呼ばれてた桜色の鉱石……いや、琥珀の名称なんだ」

「琥珀？」

リルさんが少し身を乗り出した。

「どういうことだ。琥珀といえば、樹液の化石のことだぞ。宝石としても扱われるやつだ。隕石……空から落ちてきた石の中から、琥珀が出てくるとかありえないだろ。しかも桜色の樹液なんて聞いたことない」

「リルの言う通りだけど、これは琥珀としか呼びようがないんだ。空のずっと向こう、宇宙の彼方にあるだろう樹液の結晶。でも、まずは大事な話をしよう」

「どういう意味っスか？」

「この中には寄生虫が生息している」

……寄生虫!?　魔晶石が琥珀で、その中に寄生虫がいるって!?

思わずこの場にいるミスエーさん以外の全員が、姉さんの持っている魔晶石こと星崩鉱から身を仰け反らせるようにして、嫌悪感を表した。

リルさんなんて腕をさすりながら青い顔をしてた。そりゃそうだろう、自分の体にいれた刺青の顔料となった星崩鉱、その中に寄生虫がいるなんて言われたらゾッとする。

僕はリルさんを労るように腕をさすり、驚くリルさんと視線を交わした。

「……大丈夫。きっと大丈夫だから」

リルさんは僕の目をジッと見て、それから瞼を閉じる。一瞬の思考のあと、いつもの顔に戻った。どうやら安心してくれたらしい。

「その、あの、なんだ、ボクから質問だ。き、寄生虫ってのは具体的に、どういう？」

エクレスさんは口に手を当てて質問する。吐き気を堪えてるんだな。

「こいつはね、普段は星崩鉱の中で寝てるんだ。おそらく、何らかの原因で樹液の中に入って乾眠状態になったんだろう。シュリ、乾眠状態について答えて」

「え!?　えっと、なんか脱水状態になって生命活動を停止させる、だっけ？」

「正解。その状態になった寄生虫はどんな高温でも低温でも、あらゆる環境に耐えることができる。下手したら百年以上は生き続けるだろう」

「そんな無茶苦茶な……」

「ありえません……そんな虫、聞いたことがございませぬ」

ミトスさんとカグヤさんが呆然として呟く。そらそうだろう、そんな生き物がいるなんて聞いたことないし、想像上の生き物としか思えない。

僕はクマムシと呼ばれる、実際にとてつもない過酷な環境にさえも耐えられる生き物を知っているからあまり驚きませんが……それでも、宇宙空間を漂う隕石の中の琥珀の中でさえも生存可能な寄生虫というのは、背筋に寒気が走る。

姉さんは手の中で星崩鉱(せいほうこう)を転がしながら続けた。

「この寄生虫は目に見えないほど小さい、なんて生やさしい話じゃない。おそらく弟ちゃんの世界の計測機器の中でも、とびきり性能が良いやつじゃないと観察できないほど小さいんだ。それがこの中に詰まってる。この石を粉にしたとしても、小さな粉の中にまだ大量に存在するほどだ」

「……それで、その寄生虫の何が問題なの？」

「この寄生虫は、本来は宿主の体の中で長く生存するために、宿主の体を強制的に健康にし続ける」

「……ん？　それって何が問題なんスか？　それって、言っちゃうと寄生された人間は病気にならなくなるってことっスよね？」

テグさんの言う通りだ。最初は怖がって見ていた他の人たちも、この事実に気づくと星崩鉱への恐怖が薄れたように興味を持った眼で見ている。

為政者(いせいしゃ)の立場であるヒリュウさんなんて、何かしら考えてるんだろうなって感じの目で星崩鉱を見てる。そういう立場ならなおさら、医者いらずの虫がいれば国民が健康のままでいられるんだから、欲しいと思うかもしれない。

けど、姉さんは首を横に振った。

「違うんだ、テグ。『強制的に』健康にするんだ。簡単に死ねなくなるんだよ」

「……まさか、不老不死っスか!?」

「いや。老いるよ。老いても健康なんだ。老いて頭が働かなくなり、体が動かなくなり、内臓のほぼ全てがダメになっても生き続けさせられる。こいつに寄生された宿主は、最終的に石にされるんだ」

　僕の背筋に、ゾッとした感覚が走る。これは、恐怖だ。恐怖を覚えたときのもの。

「寄生虫は確かに宿主の体を健康にさせる。老いてもある程度の段階までなら走れるし頭も働く、病気にならない人間ができる。でも人間の体は劣化する。老いて、脆くなる。こいつは人間の体の耐久度を上げてるわけじゃなく、耐用年数を誤魔化してるだけだ」

　他のみんなは、どういうことだ、と理解し切れてない感じだ。それの何がおかしいのかと、健康に生きて老衰で死ぬなら当たり前だろうと。

　でも、僕は最悪の予想に頭が支配されて、足が冷たくなる感覚に襲われていた。パニックホラー映画の最後の最後でバッドエンドを見たような恐怖と吐き気。

　震える口と言葉で、僕は言った。

「その、つまり……生きるのに必要な部分だけ健康にする……生きるのに必要な内臓と脳は保全するけど……筋肉や骨はそのまま……でも、人間の体は筋肉や骨が脆く弱くなったら生きていけない……だから……最終的に『生きてればいい』という意味で……寄生虫が生存できる環境に人間の体を……作り変える……と……」

「その通りだよシュリ。結論として、こいつは宿主を健康にするわけじゃない。自分たちが生存するために最適な環境に整えるだけなんだ。宿主の体が老いて環境が変われば、宿主の抵抗力が弱くなったら、一気に寄生段階が進んで石に変えられてしまうんだ」

姉さんは星崩鉱（せいほうこう）に悲しそうな目を向けた。

「その方が寄生虫にとって最適な生存環境だから」

同時に手の中にある星崩鉱を優しく指で撫（な）でる。

まるで哀れみ、慈（いつく）しむかのような、優しい所作だった。

「寄生の最終段階の人間は、意識はあるけど指一本動かせず、簡単には死ぬこともできず、眠ることもできず、食べることもできない。ただ、意識があるだけの物質に成り果てる。もちろん喋（しゃべ）ることすらできない。石になって、ずーっと同じ光景を見てるだけの何かになるんだ。そうなったらどうしようもないから、本人の意識がなくなるほどに、本当に死ぬと考えられるほどに石を粉々にするしかないんだ。それでも本当に死んだかどうかすら、わからないけどね」

姉さんが結論として出した話に、この場にいる全員が青い顔になる。同時に周囲の魔工ランプをはじめとした魔工道具たちに向けて、恐怖と敵意を持った目を向けた。

もし、もし姉さんの話が本当なら。星崩鉱を粉になるほど細かい破片にして顔料として扱っても、中には寄生虫が潜んでいることとなる。

それどころか、今のサブラユ大陸において星崩鉱は、もはやインフラとして人間社会の文明を根底から支える重要資源で、欠かすことができないものだ。

なのに、当の星崩鉱が寄生虫を内包した危険物質だなんて言われても、困惑と恐怖しか湧かない。いまさら、星崩鉱なしの生活なんてできないでしょう。

僕たち全員が青い顔で呆然としている……はずなのだが、オルトロスさんだけがいつもの顔で何かを考えていました。そして、姉さんに向かって口を開く。

「ねぇ、一つ質問してもいいかしら」

「なに？」

「その寄生虫って、具体的にどれくらいの量を取り込むと石になっちゃうの？」

オルトロスさんは腕を組んで、姉さんに対して警戒した目を向ける。

「体の中に入り込まれると最終的に石になるんだったら、この大陸のあちこちでもそういう病が広がってもおかしくないわ。今の世の中、どこにだって魔晶石……じゃない、星崩鉱が溢れかえってるんだもの。粉にしても寄生虫が残ってるなら、この大陸のどこにも安全なところはないわ。でもね」

さらにオルトロスさんは背もたれに体を預けて続けた。

「アタイはそんな話は聞いたことないし見たこともない。カグヤに付き添って病気の人を何十人何百人と見てきたけど、そんな症状の人なんて見たことない。始めから嘘なのか、それとも寄生虫を取り込む量によって変わるのか、どっちなのよ?」

オルトロスさんの指摘に、全員が姉さんを見る。全員がオルトロスさんの疑問に納得すると同時に、事実はどうなのか聞きたい様子です。

その指摘は正しい。確かに、オルトロスさんの言い分は理解できる。

僕がこの世界に来て数年。この世界特有の奇病というものに出会ったことはない。見たのは風邪とか、まぁ色町によくある病の類とか、破傷風とかだ。

もちろん、僕は医者じゃないから病に関する知識なんて一般人のそれでしかないし、見ただけで全てがわかるようなことはない。

でも、なんというか、魔力がある世界ならではの病気なんてのはなかった。姉さんの言うような、全身が石になって死ぬ、なんてものは見たことがない。

「素質。この一言に尽きる」

ばっさりと姉さんは言い切った。

「一つ言っておくけど、この寄生虫にだって入り込めない人間がいる。でも、そんな人間は星崩鉱が発見された当時だってごく僅かしかいなくて、今はもういないかもね」

「素質ってなんだ」

「寄生した人間の体に魔力があるかどうか」

……なんだって？　魔力があるかどうか？

「魔力を扱える人間なら、素質ありと？　魔法師や魔工師のような」

「いや。魔力を扱う、じゃなくて魔力があるか、だよ。人間の体には魔力がある。魔法師や魔工師となる素養や才能がないだけで、魔力そのものはあるんだ。それが、人間の理だからねー」

「……それで、魔力があったから寄生されたのか」

なんだろう、ガングレイブさんがリルさんを悲しそうな目で見る。

「ただ、これは寄生虫〝単体〟の話なんだよねー。寄生虫だけでこんな症状が出たら、その時点で母さんも対策を取る」

「……『母さん』、というと……確かガンリュウが言ってた『グリィンベルバル』とかいうの？」

アユタ姫が顔をしかめながら質問する。だが、姉さんはアユタ姫の質問に嫌そうな表情を浮かべた。

「その名前はやめてほしい！　母さんはもう王族の地位は捨ててるし、過去の名前の頃にやらかした所業に関しては父さんに怒られて反省してる」

「あ、あぁ……うん」

姉さんの迫力にアユタ姫はおとなしく引き下がる。

　僕は母さんが、東翠鈴である頃のことしか知らない。騒がしくて賑やかで、あちこちで周囲に迷惑をかけては父さんに叱られてた姿がよく思い浮かぶ。ろくでもねぇ母親だな、いまさらだけど。

「でも、まぁ、この話は母さんがグリィンベルバルだった頃の話だから……そう言われても仕方ないとは思うけど……すまないね、感情的になってしまったよ」

　姉さんは咳払いを一つしてから続けた。

「さて、話を戻そう。寄生虫の話はしたね。では、この樹液はどういうものなのか、という話をしよう」

「寄生虫が問題じゃないのか」

「寄生虫も問題だけど、樹液の方も問題だった……いや、この二つが揃ったからこそ、アプラーダは栄え、人間は負けたってことになる」

　人間は負けた。敗北者の子孫。そういえば姉さんは初めて出会ったときも、似たようなことを言ってたと思う。

『敵』によって負けたのだ、と。

　ここからだ。ここから、話の核心に迫っていく。そんな雰囲気を感じていた。僕の背筋を冷たい汗が流れる。緊張してきました。

「この樹液……何の木から出た液体なのかはわからないけど、この樹液には『魔力を蓄える』効力がある、と言われてるね」

「世間でよく言われてる。桜色の輝きは魔力の輝きなんじゃないかっていう話もあった」

「聞いたことあるけど、吾(われ)が断言しておく。桜色の輝きは魔力の色とか輝きじゃない。樹液そのものの色だよ。この樹液は確かに魔力『も』蓄えてる」

……『も』？　魔力『も』ってなんだ？

「多分だけど……この星崩鉱(せいほうこう)にとって魔力ってのは、隕石(いんせき)として空の向こうに漂っていたときに蓄えていた力と似ていたんだと思う」

「別の何かも星崩鉱の中にあったってことやぇ？」

アサギさんは煙管(きせる)に煙草(たばこ)を詰めて吸おうとしてた。横からカグヤさんに睨(にら)まれてるけどやめる様子はない。

「まぁ、そらそうやわなぁ。星崩鉱が元々、空の向こうから落ちてきたものなら空の向こうの『ナニカ』も連れてきてなきゃおかしいでありんす。寄生虫ともう一つ、てこと？」

「うん、そうだよアサギ。母さんはこれを『竟光(きょうこう)』と名付けた。空の向こう側にある魔力に似た力だけど、こいつの力は『最適化』……かな？」

「最適化？　とは？」

「あらゆる力の補助と効率化を実現する力だ。一言で言うと、最適化になる。例えば高く跳ぼうとするなら足の筋力と骨の強度と体力を上げ、剣で切りつけようとするなら全身の動きをキレのあるものにしつつ剣の強度と切れ味を増加させ、傷を治そうとするなら体の活力を回復させて傷に付着した汚物を除去する」

なんだそりゃ、とんでもない力だ。現実で魔力を行使して実現するわけじゃなく、実現するために必要なあらゆる力を実際に与えてくれるのが『竟光（きょうこう）』ってことか。

「魔力で魔法を使うときは本人の資質と技量によりますが、『竟光』の場合は、本人の資質と技量を必要なだけ補助すると。確かに、凄（すご）い力だしどこか似たような印象はありますね」

「アーリウスと同じ結論を母さんは出したよ。さて、話をまとめようか。魔晶石の正式名称は『星崩鉱（せいほうこう）』。桜色をしていて樹液と寄生虫でできている。樹液には魔力と竟光を蓄える力があり、寄生虫には人の体を寄生虫の生存に適した環境に変える副作用で、強制的に健康にする力がある。ただし、本人が年を取り抵抗力がなくなってきたら寄生段階が進んでしまい、最後には石になってしまうというものだ」

「はい！　質問！」

「なんだい、テグ」

「それって、寄生虫も竟光の力で最適化されてる可能性はないっスか？」

テグさんは軽い気持ちで質問をしたんだと思う。顔に真剣さはないし、手を上げて元気よく言ってるから、思いついた言葉をそのまま言ったんだ。

でも、姉さんの顔から感情が消えて、スッと目を細めてテグさんを見た。

「凄い。テグの考えは凄く的を射ているね」

「え？　え……？」

テグさんは戸惑っているが、姉さんは目を閉じた。

「テグの言う通りだ。寄生虫に関するさっきの説明は、竟光の力ありでの話だ。この寄生虫の本来の力は、ただ人間の体に寄生して体を侵してしまうだけだ。人間の体を自分たちの生存に適した環境に変える、というのは竟光があるからこその話だ。

さて、前提の話はこれで終わりだね。魔晶石は星崩鉱と呼ばれていて、最適化の効力を持った竟光と、人の体を健康にしつつも石にする寄生虫がいる。

この二つが揃った星崩鉱を人間に投与したらどうなると思う？」

「寄生虫の人の体を健康にする効果はそのままに、体を石にする働きは竟光が打ち消して、利点だけを得られた『不老長寿』の人間が生まれた」

姉さんの質問に対して、ミコトさんが間を置かずに答えた。

ミコトさんは腕を組み、姉さんを睨む。

「ただし、まだ何かあるんだろ？　その程度のことで、人間が負けただの『神殿』を作って大陸の外に出ないようにするだの、大がかりなことをするはずがない。

最大最凶の出来事があるはずだ」

ミコトさんの言葉を最後に、みんなの間に静寂が訪れる。

姉さんは星崩鉱をミスエーさんに渡してから口を開いた。

「最適化の竟光、不老長寿の寄生虫。この二つが結びつくことで、人間は次の段階に『進化』してしまった」

大きく溜め息をついて、

「最後に石になってしまうことはなく、寄生虫にとって最適な生存環境となる体内を人としての形のまま保ち、寄生虫の侵食にすら負けない体になる。オルトロスの言う、石になる人間がいないのは当然だ。琥珀とともに寄生虫を取り込んだ人間は、寄生虫の侵食を竟光によって食い止める形となり、健康で、見目麗しく、丈夫な体を持ち、かつての人間を超えるような生き物となった。しかしその中でさらなる適性を持った人間は、さらなる『進化』の先へと至った。

それが、ミスエーのようなエルフであり、吾たちは『魔身れ』と呼んでる」

『魔身れ』。

初めて聞く単語に、僕の思考は止まる。いや、正確には初めてじゃないか。

ガンリュウさんがローケィの姿を見て、『魔身れ』と呼んでいたな。ローケィもミスエーさんみたいに耳が尖って美人なエルフと呼ばれる存在に……なるわけねぇか。けっ。

「この魔身れというのは、最適化の行き着く果て。人間の進化の可能性のどん詰まりに辿り着いた姿なんだよ。ミスエーのそれも、その一つだ」

「……じゃあ、なんだ？　リュイラン、あなたが言いたいのは」

ミトスさんが不審を抱いた目つきで姉さんを睨んだ。

「この魔身れ？　とかいうのが大陸の外にうじゃうじゃいて？　『進化』できなかった人間はそいつらと敵対して、この大陸に逃げ込まなければならないほどの戦争が起きたと？　元人間が人間を相手に、そんなバカなことをした、と？」

「正解」

結局、今この大陸にいる人間たちは進化できなかったので、進化した人間と対立して、負けてこの大陸に逃げてきたってこと。

「そんなバカな話、どこからどこまで信じろっていうんだよ!!」

ミトスさんは叫びながら椅子を蹴飛ばし、立ち上がった。ガタン、と椅子と机がぶつかって倒れる音が、静まりかえった食堂に響く。

息を荒らげながらミトスさんは姉さんに向かって怒声を叩きつけた。

「あなたは『神殿』の最高指導者、聖人アスデルシアだろ！　大陸の外には汚れがなんとかかんとかって話の真実が、バケモノになった元人間だらけだから？　アタシたちがこの大陸に引きこもって何年も戦争をしているのは、ただ単にバケモノから逃げた結果なだけ？　そんなバカな話を隠すために、『神殿』という宗教組織の力を使って暗躍してたってことなの？　本当の話をしてよ！　アタシたちがこの大陸に生きていることに、先祖代々ずっと土地を、民を、国を守ってきた王族たちが、その職務を、責務を果たしてきたことに納得できるだけの話をして！

そうじゃなきゃ、アタシたちはただ単に負け犬のように惨めに生きてきた、代々の王族が民を守ってきたというのは負け犬が負け犬を保護して傷を舐め合ってきただけ、ってことになるじゃないか!!」

ミトスさんがものすごい早口かつ怒濤の勢いで言い切って、涙を流しながら「どうして……そんな話、嫌だよ……」と呟き続けていた。ずっと食堂の床を見て、涙をボロボロとこぼす。

王族としての地位から発生する責任。国の指導者として民を導き守る。それを何年も、何十年も、何世代にもわたって引き継ぎ、今の時代になっても国を存続させてきました。

ミトスさんたちのような王族にとって、先祖から受け継いできた土地と民と血は自分の存在意義であり誇りそのものでしょう。

なのに、王族なんてモノは、過去の戦争で逃げてきた負け犬たちの中でみんなをまとめるのに少しばかりマシな奴だっただけ、というのは耐えられない事実だったんだと思う。

姉さんはそんなミトスさんへ歩み寄り、優しく抱きしめた。

「オリトルの姫だね、キミは？　キミの言うことは違う、負け犬が負け犬を保護したわけじゃない。傷の舐め合いをしてたわけじゃないよ。各国の初代王は立派な人たちだったし、移住中期の混乱している最中でも、堂々とみんなをまとめて生きるための助け合いをしてたんだ」

ミトスさんの背中をポンポンと叩いて、姉さんは優しく言った。

「オリトルは剣術バカだったけど、実直で裏表のない優しく素直な性格で、みんなに慕われてたなぁ。キミの顔つきや金髪、どことなくオリトルの面影がある。彼女に似て美人になるだろうさ」

「……はいっ……」

「だから泣くのはおやめなさい。オリトルも追い詰められたら隠れて泣いてたけど、泣き尽くしたら、みんなの前では笑顔で振る舞う強い人だった。キミもそうなりな」

「ちょっと待ってほしい」

なんだ。とても良い空気になってたところで、ヒリュウさんが声を出した。ミトスさんを慰める空気の中で、こいついきなり何を言い出すんだと、みんながヒリュウさんに注目する。

ヒリュウさんは周りの空気を察して恐縮していたのだけど、それでも質問した。

「その、聖人殿は……もしかして、各国の初代様のことを、ご存じで……？」

「そらそうだよ。吾はこの大陸に人間が逃げてきたときのお母さんとお父さんの子供だよ。逃げてきて数年後に吾が生まれたから、各国の初代王というかまとめ役たちには、可愛がってもらってたさ。懐かしい、思い出しちゃった」

「できればですが……いつか我が国に来て、初代様のことをお聞かせ願えればと……ぜひとも耳にしておきたく、つい……」

「聞きたいことは周りの空気も考えずに聞くところ、キミもオリトルの子孫だなぁ……」

姉さんが呆れた返事をして、この場の雰囲気は少し穏やかになった。ちょっと恐怖が湧いてきてたからね、怖い話だった。

魔晶石、星崩鉱、寄生虫、隕石、竟光……怒濤の如く出てきた情報は、どれもこれもがパニックホラー映画にでもありそうな内容ばかりでした。

だって、隕石を解析したら寄生虫がいました！　なんて話、要するに寄生虫ってのは宇宙のどこかから来た未知の存在だったたってことです。

鉱石だと思ってた部分でさえも樹液、琥珀の類であって、本来この世界には存在してなかったってことになる。

「姉さん。それで、話を戻して聞きたいことがある。大事なことだから」

僕から姉さんに質問する。大事なことだ。この話の、根幹に関わる部分。

なのに、なんでかみんなの顔がしらけてる。え、なんで？　シリアスな空気だよ。

「弟ちゃん」

「はい」

「ふざけた質問は、ナシだよ……？」

「どんだけ僕は信用ないのさ⁇」

なんてこった、ただ単に僕がふざけると思われただけだった。失敬な。

周りのみんなを見ても、姉さんと同じ呆れ顔だ。こいつ、今度はどんな突拍子（とっぴょうし）もないことをぬかしやがる？　という警戒心すらある。

失礼だぞ、本当にさっ。

「いや、本当に真面目な話だから！　なにリルさん、リルさんまで僕を疑うの？　その目はなに？　アサギさんやカグヤさんまでなに？　ちょっと待って、アユタ姫様までなにゆえにそのような顔をなさる？　ヒリュウさんまでなんで？」

他のみんなから疑いの目を向けられ続けて、僕の心は折れそうでした。泣きそうな顔で弁明しますが、誰も僕を信じてくれないのです。まるで狼少年（おおかみしょうねん）を見るかのようだ。

「あー、えっと、そうだね」

困ったような顔で姉さんは言った。

「もう、なんか、話す空気じゃなくなったしさ。ざっくりと話していい？」

「構いません。ごめんなさい、うちの料理番が信頼されてないばっかりに……」

「いいんだ、いいんだよガングレイブ。むしろこんな突拍子もない行動をする弟ちゃんを、よく守ってくれてたね。姉としてお礼を言わせてもらうよ」

「身に余る光栄、ありがとうございます。それで、シュリは引き続きうちにいても？」

「いいよ。キミのところは信頼できるし、リルもいるし。引き離すのは可哀想だから」

「感謝します」

待ってくれ。話をやめるな。僕がそう言おうとした瞬間、リルさんが僕の肩に優しく手を置いた。

「皆に抵抗するのをやめさせようとしてたリュイランの言葉に、『結局どっちなの？』なんてツッコミを入れてたことで、信頼はもうないから諦めよ？」

心が折れた。シュン、と縮こまって、黙って話を聞くカカシになるよ、僕。

「さて夜も深まったからざっくりと話そう。星崩鉱(せいほうこう)の研究によって寄生虫と竟光(きょうこう)の存在が明らかとなり、お母さんはこれを最初に自分に投与した。その結果、お母さんは神となった」

「神、とは？」

「リル、文字通りの神だ。元々あった圧倒的な才能がさらに強化され、人の域を超えた魔法と魔工を操ることができ、外見の美しさに磨きがかかった。不老不死に近い存在となり、誰も母さんを殺せなくなった。お母さんは自身を神と言わず、神の偽物『偽神族(イミテーションゴッド)』と自称してたけど」

姉さんはさらに続ける。

「お母さんは得た力を使って、当時あちこちで起きてた戦争へ介入し、ことごとく勝利した。アプラーダ国は事実上、世界の頂点に立つ国となった。さらにお母さんは二人の兄と一人の姉にも同じ処置を施し、偽神族へと進化させたんだ。また、支配下においた国々の王族たち、求める貴族たちにも同じように投与して、いろいろ調べた。

お母さんとの縁がなくて投与されなかった人も、星崩鉱を食べたりして体に取り込んで進化した人もいた。こっちは確率は低く、大概は普通の人間のままだ。それでも、星崩鉱を取り込む前と比べたら全ての能力は雲泥の差ではあるけどね。しかもお母さんの処置と比べると能力の上昇幅はかなり小さい。

こうして、後に人間から進化したバケモノども、『魔身れ(まみ)』と呼ばれる存在があちこちに出現することとなり、星崩鉱を摂取しても魔身れにならなかった、素質のない普通の人間は奴隷となるしかありませんでした。ちゃんちゃん」

「本当にざっくりと説明したな……」

「シュリ、そういうところだぞ」

いけね、思わず口に出ちまった。ガングレイブさんが白い目で見てる！　反省っ。

「続きは、また今度にしようか。今回のところはこれで話を終わりに」

「本当に待って。姉さん、大事なことだから、本当に待って。質問させて」

くそ、姉さんがしらけた目でこっちを見てる！　みんなもだ！　リルさんなんて「やめとけよぉ……」って呟いてる！　でも聞いとかないとダメなの！

　みんなの目を無視して、僕は言った。

「その魔身れ？　とかいうのが人間を求めるのはなんで？　前に姉さんは人間は奴隷だった、みたいなことを言ってたけど、そんだけの隔絶した力の差があったのに、なんでわざわざ人間を求める？　この大陸に結界を張ってまで逃げたってことは、魔身れたちにとって人間の利用価値は高いってことじゃない？　そこまでこだわる理由ってあるの？　それとも、ただ単に人間側がビビってるだけ？　魔卑、なんて言葉まであるんでしょ？」

　僕の言葉を聞いて、スッと姉さんの顔から表情が消えた。多分、僕の質問は魔身れたちにとって何か重要な事柄に触れたのかもしれない。

　僕の質問に対し、周りのみんなもようやくちゃんとした質問だとわかってくれたらしく姉さんを見た。

「それについては、こちらから言う」

　姉さんの口から出た言葉じゃない。

　隣のミスエーさんから出た言葉だ。

　初めて、声を聞いた。凄くビックリして、僕は思わず固まってしまった。耳に心地よい声で、思わず聞き惚れるような声質。

「……お前が喋るのは、初めて聞いたし見たな」

ミコトさんがニヤリと笑った。

「お前はてっきり、何も言わない人形の類かと思っていました。話そうと思えば話せるじゃないか」

「うるせぇ筋肉女、その口を閉じないとぶち殺すぞ」

「「!?」」

綺麗な顔と口から美しい声で放たれたのが、ものすっごく口汚い内容だった。正直、めちゃくちゃ驚いた。

こんな美人さんから、こんな悪口出るの?? え、本当にこの人が言ったの??

「こら、ミスエー。口の悪さを直してよ」

「黙れ小娘。わたくしが忠誠を誓っているのはスイリン様だけじゃい。その娘だからって馴れ馴れしいぞクソが」

「そのお母さんから口の悪さを直せって言われてなかったっけ?」

「申し訳ございません。わたくし、このとおり気を付けておりますわ」

……コント? なんか、みんなしてぽかーんとしてた。仕方ないよ、僕だって何を言えばいいのかわかんねぇよ。

どうすればいいの、これ?

僕は何を言えばいいんだ？

いや、何も言わない方がいいか。さすがにここでは空気を読んで黙っているのが吉だ。

「おい、そこの息子」

くそっ。黙っていようと思っていたのに！　ミスエーさんから話しかけてきやがった！

初対面の頃の、虚空を見つめてミステリアスな雰囲気を出していた美人の面影なんて微塵も残ってねぇ。見下すような嫌な目つきをしてきやがるっ。

「僕のこと？」

「そうだ。お前、よく顔を見せろ」

「あ、はい」

ダメだ、怖い。なんか怖い。逆らったらなんか殴られそうな予感がする。

おとなしく、ミスエーさんに正面から向き合う。顔がよく見えるように、ミスエーさんの目を真っ直ぐに見つめた。

ミスエーさんの目が、僕の全てを見透かすようなものに代わる。数瞬後、ミスエーさんはそっぽを向いた。

「ふん、あの男によく似てる。目つきはスイリン様に似てるが、全体的な雰囲気はあの男のものだ。ガンリュウがイラつくのもわかる」

「えぇ……？」

僕はそんなに父さんに似てるの？　知ってる人からしたら、そんなに怒りが湧く？

父さんは父さんで何をしたっていうんだよ、ほんとにさぁ！

「ちなみに、ミスエーさんが父さんを嫌う理由ってなんですか？」

「決まってる。わたくしの完璧な姫様であられたスイリン様の首を一刀のもとに切り落として、そのままスイリン様の心まで手に入れて嫁として連れ去ったからだ」

「嘘を言うにしたって限度があると思わない？」

なんだそのとんでもない理由は……知らねぇぞ、そんな過去。母さんの首筋に刀傷なんてないし、というか首を落とされたら普通は死ぬだろ。そんな思いを込めて言い返した。

が、ミスエーさんは呆れたように首を振った。

「全く……スイリン様が首を落とされたくらいで死ぬわけがないだろう。平気な顔して首をくっつけておられたわ。物を知らぬガキめ、己の無知を反省しろ」

「無理じゃねぇかな、その反省は」

「かぁ～……スイリン様の息子でありながら、スイリン様の偉大さを知らぬとは……いいだろう、一晩かけて聞かせてやる。あれはアプラーダで行われた剣魔祭にて」

「いい加減話を戻してよ。話が進まないから」

呆れた顔で姉さんはミスエーさんを窘めた。ミスエーさんがやれやれといった様子で首を振るのがなんかむかつく。ほんと、この人何なのさ？

「まぁいい。話を戻そう。我らのような魔身(まみ)れが人間を求める理由は二つ。一つは労働力。奴隷。わかるな？　わかるなら返事をしろ低脳、全く、これだから人間は……」

「そろそろこいつ斬り殺してもええやろか？　黙って聞いとったがイライラするわ、こいつ」

「気持ちはわかるけどやめようかクウガ」

カチャカチャカチャカチャカチャカチ、と刀の鯉口(こいぐち)を切る音がすげぇ鳴り続けてる。クウガさんの顔は笑ってるけど、こめかみ辺りに青筋が浮かぶほど怒ってるのが怖いです。

姉さんがそれとなく止めるけど、いつまで経(た)っても話を進めないミスエーさんに姉さんでさえイラついている。ミスエーさんから見えない位置で拳をギリギリと握りしめてた。

どうしてこうなった。

「どうしてこんなことに」

「シュリの質問が全ての始まりだから、シュリのせい」

ジト目をするリルさんからの指摘に反論できねぇ。

仕方ない。

「ミスエー様、よくわかりました！」

「お、良い返事だ息子。ミスエーポイントを3点贈与してやろう。ボウフラからの脱出は目前だ」

「ありがたき幸せ！　ミスエー様、続きをお願いします！」

「よーしよし、では話して進ぜよう」

「お前に誇りはないのか？」

仕方ねぇじゃんヒリュウさんよ。おだてないと、ミスエーさんが話を進めないんだもの。

気を良くしたミスエーさんが、ようやく続きを話すために咳払い（せきばら）いを一つ。口を開いた。

「簡単に言うと、わたくしたちは人を超えた存在だ。肉体的にも精神的にも、魔法を扱う技術もな。ただし、わたくしたちにも弱点はある。

魔力の総量と出力は確かに上がったが、魔力の回復力は人間のままで据え置きなのだ」

据え置き、とな。よく意味がわからなかったのでリルさんを見る。リルさんはミスエーさんの方を見たまま答えた。

「普通の魔力というものは休憩すればそれなりに回復するし、一晩寝れば大概は全回復している。総量を10としたら一度の出力で1放出して、休憩で2くらい回復、一晩ぐっすり寝たら10回復してるようなもん。大雑把（おおざっぱ）すぎる説明だけど」

「そこの青髪幼女、お前はなかなかわかっているな。ミスエーポイントを」

「要らない」

「やろうと思ったが無礼にも断ったからマイナス6点だ、このミミズめ！」

ミスエーさんの怒りを向けられているのに、平気な顔でそっぽを向くリルさん、相変わらず心臓が強すぎる。

「この無礼なガキめ、いつかわたくしが貴様の髪の毛を毟り尽くして荒野にしてやる」

「は、不毛の地みてぇな顔してるくせに。このリルに偉そうな口を利くな口調ブスが」

「ねぇ二人とも、やめようよ。そろそろ話をちゃんと進めようよ？　あ、ちょっと待ってアユタ姫様、話がこれから始まるから帰ろうとしないで。みんなもだから」

話が進まなすぎて、ガングレイブさんたちもアユタ姫たちもヒリュウさんたちもみーんな席を立ち、欠伸をしながら食堂を出て行ってしまいました。

がらーんとなった食堂で、残されたのは姉さんとミスエーさん、僕とリルさんの四人だけだ。どうしてこうなった。

「姉さん」

「ちょうどいいから、リルと弟ちゃんにしようとしてた話をしておこうね」

「この状況を賢く利用しちゃうのか。なんかもう、さすが姉さんだ」

疲れたから褒めておこう。

四人で椅子を持ち寄り、一つの机を囲むようにして座る。すっかり夜遅くなったため、食堂の外に誰かがいるような気配はない。静寂が場を包み込んでいた。

姉さんはその中で、静かに口を開いた。

「さて……いい具合にみんながいなくなったところでリル……キミのことを話そう」

「リルさんの、こと？」

「リル。背中を見せて。大丈夫、弟ちゃんなら受け入れてくれる」

「わかった」

姉さんに促されて、リルさんは椅子から立つ。そのまま白衣を脱ぎ、その下のチュニックまで脱いだ。

いきなりなんで裸に!?　と驚く前に、リルさんの背中……ちょうど真ん中の背骨辺りを見て背筋が凍る。

桜色の鉱石が、そこにあった。

まるで星崩鉱が生えてきているような、異常な光景だ。恐怖で体が強張る。

でも僕の中で、一つの結論がすぐに出た。

「まさか……魔身れに？　それとも、刺青を体に刻んだことで……寄生虫と竟光がリルさんの体を侵して……!?」

「半分正解で、半分不正解だ。リル、キミの状態は確かに魔身れに至る人間の前兆だ」

「……そう」

リルさんはチュニックと白衣を着直して、椅子に座る。彼女の顔に恐怖も憤りもない。

淡々と自分の体に起こった現実を受け入れている様子だ。

「それで？　リルはいつまで生きられる？」

「いつまでも生きられる。そして、ちゃんと老衰で死ねる。病気や大怪我でもしない限り、人として当たり前の寿命で死ねるよ」

……ん？　それってつまり、

「姉さん。それって、リルさんにはなんの影響もないってこと？」

「影響はないよ。むしろ、その魔身れ化が中途半端に終わったおかげで人のまま、人としては常識範囲を超えた魔工を使える。さすがにその……鉱石化した部分は直せないけど」

僕はバッとリルさんを見た。リルさん自身も驚いてる。どうやら、リルさんは自分の体には異常があるだろうと思っていたみたいだ。

でも、リルさんには星崩鉱の悪影響……寄生虫と竟光による進化や変異はないってことだ。寿命が長くなったり短くなったりすることもない。人のまま。

リルさんのまま、そこにいる。

僕は衝動的にリルさんを強く抱きしめていた。

「リルさん、大丈夫なんだって、大丈夫なんだよ。良かったよ！」

「……うん、そうか」

リルさんも僕の背中に手を回した。

「どうやら、リルは大丈夫らしい。良かった良かっ……た……っ」
リルさんの肩が震えてた。なんだかんだ、受け入れようとしてても怖かったんだろう。
一人でずっとこの恐怖と向き合い続けてたのでしょう。どれほど前からこんな状態に？
なんで相談してくれなかったのか？　聞きたい事は山ほどあるけど今はいい。無事なら
それで。
「ああ、リルは間違いなく無事だよ。ね、ミスエー」
「ええ。良かったな、ガキ。本来なら石になってたところだぞ。久しぶりに適性がない奴
の末路を見ることになると思ってたがな」
ミスエーさんのお墨付きももらい、本当に大丈夫なのだと安心する。安心してリルさん
の体を離した。
「それで……姉さん。どうしてリルさんはこんなことに？」
「本来の話で言えば……ミスエーのように進化するには条件がある。それが魔法と魔工、
どちらも使えることなんだ。ここでリルのような例外は除いて、話を進めようか」
姉さんは椅子に座り直した。
「過去、お母さんがいた頃の時代。前に話したことのある代償魔法が当たり前に使われて
た頃は、魔法と魔工という形で体系が別れてるわけじゃなかったんだよ。命を消費して使
った代償魔法ってのは、命を使う分に相応するほどに強力だし、魔法と魔工に比べて何で

もできた」

「転移魔法とかも？」

「さすがに転移魔法は使えないよ！　前に言った、転移魔法で賢人が来たってのは嘘で、本当は賢人である母さんが転移魔法を作ったからね。母さんくらいじゃないと、ああいう魔法は使えない」

　いや、前に話してくれたあれは嘘だったのかよ。アユタ姫の言う通り、どこからどこまでが嘘か判別しづれぇ。別の証拠や証言がないから判断が難しいわ。

「でも、命を使うなんてバカみたいな真似をやめさせるため、母さんは代償魔法から分派させるような形で魔法と魔工の二つに体系を分けた。むしろ、魔法の適性がない魔工使いが魔法を使ったり、魔工の適性がないのに魔工を使う魔法使いが無理やり発動させてたから、寿命が減ってたのかもねぇ……」

「それはわたくしも同意だ。この体になったからわかるが、できないことを無理やりやると体への反動は結構ある。わたくしが魔身れだから耐えられてるだけだ」

　二人の会話内容から察するに、魔法が使えないとか魔工を使えない、という話ではなく、どっちも無理に魔力技術を使うと寿命を削ってたという話ですか。

「だけど、中には魔法も魔工も使えるし、それどころか代償魔法を使ったとしても寿命が削られない天才だっていたんだよ。それがミスエーや吾であり、お母さんのような進化へと至る条件だ」

「その、進化の先は運とか偶然の産物？」

「いや、明確な法則がある」

リルさんの疑問はもっともだ。完全なランダムで母さんみたいになったりミスエーさんみたいになったりするってなると、進化を目的とした星崩鉱の使用には迷いが生じる。最終的に自身がどうなるのかを運否天賦、つまり運任せにするなんて無茶だから。

でも、明確な法則がある、と。

「えっと……姉さん、その前に星崩鉱による……進化？　ってのは具体的にはどんな感じでいくつ種類があるの？　『当方』のガンリュウさんが霊人族と鉱人族って言ってたのは覚えてるけど……他のものについてはよくわかんなかった」

「あぁ……あいつ、言ってたのか……そりゃそうだよな、あいつも被害に遭った一人だしな……説明はしとかないとダメだよな……でも話が長くなるしな……」

姉さんが困ったような顔で後ろ頭を掻く。言いにくい内容なのか、面倒なだけかはわからない。

隣でミスエーさんが机を指で叩き続けていた。トントントン、と不快な音が続く。

「もう夜もおせぇし、ざっくり説明すればいいだろうよ。さっきと同じだ、それにこの話の趣旨はリルの体にこれ以上の不具合は出ないし、健康被害はないし異常はないってことだろ。これ以上は無駄話だ無駄話。スイリン様のような偽神族（イミテーションゴッド）になった者は、あらゆる能力が人や他の魔身（まみ）れたちとは比べるのもバカらしいくらいに上昇し、わたくしのようなエルフになれば魔法に関する能力が爆発的に向上する、とかそんなもんだよ」

「結構重要な話だと思うけど」

リルさんの言うとおりだ、進化の先で身に付けられる能力が違うのなら、聞いておかないとダメだと思う。けど、ミスエーさんの言うことも正しい。

「僕も今回はミスエーさ……まの言う通りだと思います。リルさんが無事ならもういい、それ以上の話はここでは求めません」

「息子、お前は殊勝な奴だな。ミスエーポイントを2点やろう。もうすぐで地上に上がれる生き物として認定してやれるぞ」

「あなたにはもうちょっと口の悪さを直すことを求めます」

母さんはよくこの人を仕えさせてたな。絶対に口の悪さで問題が起こってただろ。ジト目でミスエーさんを睨（にら）むものの、本人はどこ吹く風。平気な顔でそっぽを向きながら小指を耳に突っ込んで掻いている。女の子が人前でする仕草じゃねぇよ。

しっかし……今日だけでたくさんの情報が出てきたな……。母さんのこと、魔晶石こと星崩鉱のこと、いろいろだ

そんなとき、ふと思う。母さんはなんのために、あんなおぞましい所業を犯したのか？

あの明るく、家族思いの母さんにそんな一面があったってか？　他人のことなんてどうでもよく、他人の体にも寄生虫を投与して、どういう効果があるのかを調べてた、と？

ゾッとする感覚が、僕の全身を包んだ。

「……母さんは、何者だ？」

僕は母さんのことを、何もわかってなかったのかもしれない。それどころか父さんのことすら、よくわかってなかったのかもしれないと気づく。

両親はいつも仲が良かった。喧嘩……はしてたけど、どっちかというと母さんのめちゃくちゃな行動が全ての原因で、それを父さんが指摘して注意して、母さんが逆ギレしてるとかそんな姿。でも最終的には仲直りして、次の日にはケロッとしてる二人。

誰がどう見ても、仲睦まじい夫婦。

そこに僕が子供として入り込んでいたんだろうか？　ただの家族のパーツとしてそこにいただけ？　家族の形のために、僕は生まれたと？　姉さんの代わりにして寂しさを埋めるために？

あり得ない、そんなわけがない。父さんも母さんも、僕を家族として、子供として、一人の人間として愛してくれていたはずだ。あの二人に限って、そんなことをするわけがない。

だけど、だけど、疑い出したら切りがないのです。

こんな無惨で恐ろしいことをする。

今になってもその影響が残り続けている状態だ。

「……姉さん」

「なに？」

「最後に教えてほしい」

僕は唾を飲み込み、ガンリュウさんから聞いたことも含めて言葉にした。

「母さんはなんのために星崩鉱の研究をしたんだ。ガンリュウさんは母さんのことを『無気力な好奇心』と言ったけど、それと関係あるの？」

空気が冷える。明らかに姉さんとミスエーさんから怒りの感情がわき上がってるのがわかる。二人して目を見開いた後、怒りの感情を込めて僕を睨みつけてきた。

「……なんだって？　もう一度言ってみてよ、シュリ。なんて言った？」

「ひぅ……む、『無気力な好奇心』と」

瞬間、僕の口をミスエーさんが鷲掴みした。顎が動かせず言葉も出せない、上手く呼吸ができない。

それどころか顎関節の辺りがゴキゴキ、と鈍い音を出し始めるっ。このままだと顎を外される!?

「その言葉を二度と使うんじゃねぇぞ糞ガキ、二度と喋れないようにこの顎をちぎり取ってやろうか?」

「も、がもが」

先ほどよりも数段低い、ミスエーさんの怒りの声。手にこもる力も段々と増していく。抗う力が弱くなっていく。明らかな酸欠状態、しかもこのままだと顎を砕かれそうだ!

人間ってやつはちゃんと顎で噛めない状態だと力が入らないってのは知ってたけど、それだって人間として常識的な力の話だ。こんな人外の力でやられたら力が入らないとかそういうレベルじゃない!　殺される!

「お前、何をしてるんだっ!!」

リルさんがミスエーさんの腕を掴み、引き剥がそうと力を込める。

「なんだお前、その程度の力でっ……!?」

途端にミスエーさんの目が見開かれ、僕の顎から手を離した。同時にリルさんの手を振りほどき、自身の手を信じられないような目で見る。

「お、お前……!　魔身化は中途半端に終わってたはずだろ!!　人間のままのはずだ!　ありえない、どういうことだ!」

「?　なんのこと」

「しらばっくれるな、これを見ろ!」

ミスエーさんが、リルさんに掴まれた腕を見せてきた。

そこには、くっきりと手の形として現れた赤い文様。ちょっと前に見たばかりのそれは間違いなく、

「貴様、貴様如きが！　スイリン様の御技(みわざ)を使えるはずがない！　こんな、この技を!?」

「なんか、できるような気がしたからやったらできた」

かつて、僕の腰に刻まれていた母さんの魔碑文刻印(マギ・タトゥー)……それが、ミスエーさんの腕に刻まれていた。

おかしい、確か魔字(マギ・スペル)は、魔晶石こと星崩鉱(せいほうこう)を砕いて顔料にして、魔力を込めながら書き込むはず。そして効果を持つ。なのに、リルさんは星崩鉱なしで魔字を書き、魔碑文刻印を刻んだんだ。

さすがに母さんがやったみたいに極小魔字ではなく、十個ほどの魔字で構築されたもの。効果はわからないが、自分の体に効果不明の魔碑文刻印があるのは怖すぎる。

「やっぱりリルは天才。いぇーい、シュリ褒めて」

くっそ、可愛いな。ドヤ顔になるリルさんを見て、こんなことを思っちゃう僕は心底この人に心を掴まれてるな。

仕方ないのでリルさんの頭を撫(な)でておく。満足そうなのでこれでいいや。

ミスエーさんは徐々に消えていく腕の文様を見て、ホッと安心した表情を浮かべた。

『くそ。まさかわたくしがこんな油断をするとは……エサ程度の人間も、魔身(まみ)れに寄るとこんな力を発揮するから面倒だ。鉱人族(ドワーフ)に性質が寄ってるな』

ミスエーさんの呟(つぶや)きが僕の耳に届く。どこかノイズが入っているかのような高音も混じった声なので、僕は不快感で僅かに眉を寄せた。なんだ、今の？

『ミスエー。ふざけたことを言うなよ。人間はエサじゃない、何度言えばわかる』

姉さんの声にも、酷(ひど)いノイズが入ったような高音が混じって聞こえてくる。

……何だって？　エサ？　僕は自身の耳を疑った。何が聞こえたのか全く理解できなかったんだよ。

だって、姉さんの口から人間はエサ、と？　いや、否定はしてるけど、なんでエサ⁇

『おかしいことなんてないじゃないですか。人間はわたくしたち魔身れにとってのエサ、魔力補給の家畜でしかない。暇なら殴ってよし、嬲(なぶ)ってよしの暇潰しのおもちゃ。

わたくしたちが魔力なしでも片腕で軽く殴れば殺せる程度の弱小生物ですよ？　お菓子を切り分けて食べるときに罪悪感を覚えないのと同じ、何もふざけたことなんて言ってません』

『庇護すべき相手だよ。守ってあげないと弱いんだ、これらは。父さんと同じ種類の生き物でもあるんだから、大切にしてあげないと』

ゾッとする会話が、二人の間で交わされる。え、なんでいきなり目の前でそんな会話をしてるの⁇　姉さんまで、なんというか生き物として下に見てるというか、哀れに思って見下して守って〝あげてる〟みたいな雰囲気がある。

あまりの内容に僕が絶句していると、リルさんが不思議そうに首を傾げて言った。

「……あの二人何をしてる？　口だけ動かして息を吐いているのは意味があるの？」

「リル、なんでもないよ」

驚きのあまりリルさんの顔を見る。え、今の会話をリルさんは理解できてない、と？

姉さんは姉さんで、ついさっきの会話のときとは全く違う、優しい笑みを浮かべていて怖い……。ミスエーさんはそっぽを向いて誤魔化してる。

リルさんと姉さんの様子を見て、ようやくここで気づいた。そうだ、僕はこの世界に来たとき、魔力に触れたことである能力を得た。

「言語理解能力」。異国語を聞いたとき、頭の中で自動で日本語に変換されて理解できるし、相手に言葉を伝えるときは相手が理解できる言語に置き換わる。

だから姉さんとミスエーさんの言葉の内容が理解できたし、リルさんは二人の会話を理解できていなかった。一応、確認はしよう。

「姉さんは変なことしてるなぁ。リルさんもそう思った？」

「うん。口だけ動かして息を吐いてるとか、不思議な溜め息のつき方かな？」

「そうなの？　姉さん」

「そんなもんだよ」

なんでもない顔で言う姉さん。そんなもんかと思うリルさん。そっぽを向いたまま、再びミスエーさんが口を開く。

『下等な生き物が、魔力波と竟光を使った会話を理解できるわけねーだろ、バーカ。進化したわたくしたちにしかわからないだろうし、そもそも言語も違うからな。エサどもめ』

再びとんでもない言葉が聞こえてきた。間違いない、これは姉さんとミスエーさんの故郷というか、大陸の外の言語かっ。

言語が違うし、しかも魔力と竟光を使ってるから、人間である僕たちには理解できない。

そういえば、こんな話がある。

言語間距離、という概念だ。異なる言語の間にある差異の程度のことで、どれだけ単語とか文法が異なるか似ているかで使われてる言葉です。

例えば、大雑把に言うと日本語は主語、目的語、動詞の順で構成されているのに対して、英語は主語、動詞、目的語の順で構成されています。

他にも発声のときに関わる音素ってのもありますが、僕は詳しくないので省きます。

文法、単語、音素。この三つの要素がリルさんたちが使っている言語とは全く違うものってことだ。だから、リルさんには理解できない。異国語とか外国語とかいうレベルを超えて、全く違うんだ。言語間距離があまりにも離れてるということです。

ここから考えられるのは、この大陸と、外の大陸の言葉は、全く違うということ。これはうろ覚えの仮説でしかないのですが、言語というものには二つの役割があります。

意思の『疎通』と『阻害』の二つ。

人と話し合い繋がるための『疎通』、人を拒絶し遠ざけるための『阻害』。

元々、魔身れたちが人間だった頃は、言語が同じだったはず。

でも魔身れたちが生まれ、人間を迫害して奴隷としたことで、人間たちは魔身れを完全な『敵』として認識した。

だから、自分たちの話がわからないように、新しい暗号言語を作ったのだろう。自分たちの作戦、計画、会話内容がバレないように。

この暗号言語が、今日サブラユ大陸に住む人々の公用語となったんだ。

そういうレベルで人間は魔身れを敵視している。

……という『もしかして？』の話が僕の頭をよぎるが、あまりにもバカっぽくて陰謀論すぎて、笑いしか出てこない。出てこない、のだけど、目の前の二人を見たら、その、バカげた考えが、しっくりきてしまう、というか。

僕は、すぐに二人の会話が理解できないふりをすることにした。この対応が正しいかどうかはわからない。いつかはバレるのはわかってる。バレたら、姉さんたちとの関係が悪くなるのもわかってる。

でも、でもだ。この理解能力が他の人にバレてない状況が、いつか役に立つと思う。情報は秘してこそ、価値がある。リルさんにも秘密にしなきゃいけない。

「姉さん、その、さっきの母さんのことについては聞かない方がいい？」

「そうだね、そうだね……もう少し、もう少しだけ、落ち着いてから話させてほしい。必ず、この先のどこかで話すから」

「わかったよ。……でも、僕も家族なんだ。姉さんと、母さんと、父さんと僕。四人家族なんだ。家族として、いつまでも待つから。話してくれるまで」

「ありがとう弟ちゃん！　最高だよ弟ちゃん！　『可愛いなぁ、弟ちゃんと義妹ちゃんは。他の人間とは別格に可愛い。吾の大切な大切な可愛い可愛い家族、いつまでも可愛がって守ってあげるからね！』　いつか、いつか話すから！」

喜んで両手を広げる姉さんの言葉の中に、重なる形で別の言葉が聞こえてくる。

『いつまでも可愛がってあげる』なんて、まるで愛玩動物のような考え方だ。反吐が出る。でも、ミスエーさんに『人間はエサじゃない』と言っていたことからすると、この考えからは脱却し始めてる、と信じたい。

同時に僕の胸が痛む。僕の言語理解能力について、姉さんには話せない。姉さんの本音が聞こえなくなるのは、なんとなくだけどこの先ダメなことに繋がる可能性があるから。

家族だから自分で話してくれるのを待つと言いながら、姉さんには僕の能力について話すつもりがない状況。自分の言動の重大な矛盾と不誠実さに、吐き気がしそう。

僕も、いつかは、話せるようになれば。

どうにかして話せれば。いや、今話せばいいのでは？　でも、今はダメなのでは？

そう思いながら、必死に話を合わせるしかない僕だった。

反吐が出る。

百九話　晩酌（ばんしゃく）とポート・フリップ～シュリ～

「さて、さてさて、弟ちゃん。お願いがあるんだ」

「何かな姉さん」

「酒を、用意してくれない？」

ふぁ!?　こんな話をした後に酒!?　リルさんはニヤリと笑って言った。

「いけるクチ？」

「飲んでも酔わないくらいには」

二人してニヤリと笑い合ってるのを見ると、本当にこの人たちはどこか気が合うんだな。

なお、副音声については完全に無視して気にしないようにした。聞いてると頭がおかしくなりそうだし、人の本音のようなものは聞くべきじゃない。

『けっ！　下等生物と飲む酒など……汚水を飲んだ方がマシだ』

ミスエーさんは異国語で呟（つぶや）いた後、

「いいだろ、持ってこい」

と、僕に言ってくる。こんな裏表が聞こえてくる状態なんて、本当に狂いそうでつらい。無視するように意識して顔を背ける。

「わかりました、行ってきますね」

僕はにっこりと笑って椅子から立ち上がり、厨房（ちゅうぼう）へ向かおうとした。リルさんも付いてこようとしたが、僕は振り返りやんわりと断った。

「リルさんは姉さんたちと一緒にいて。僕はすぐに戻ってくるから」

「……そう？」

立ち上がりかけたリルさんが椅子に座り直すのを見て、僕は厨房に向かう。

大丈夫か？　早足になってないか？　不審がられてないか？　違和感はないか？

頭の中でグルグルとそんな考えがよぎっては消え、歩幅や歩く速さ、後ろから見て挙動のおかしさがないように意識してしまう。

そんなことを考える方が、おかしな挙動になるというのにな。

厨房に入った僕は酒を探すつもりで奥へと進む。食料庫に入り、後ろを見て誰もいないことを確認し、僕は。

食料庫の端で、吐いた。

「おえぇぇぇぇ!!」

姉さんたちに感じたあまりの気持ち悪さと恐怖、そう感じてしまう自身への嫌悪感と罪悪感。

家族と再会して嬉しいのに、その家族の倫理観が狂って見えてしまう状態。

自己矛盾と混乱で、頭の中がぐちゃぐちゃだぁ……。

自分の知らない生き別れの姉に出会ったと思ったら、その姉は人間とは隔絶した生き物で、倫理観や感性が人間のものとはズレていて、こっちを対等なヒトではなくペットのような感覚でいて、それをおかしいと思っていない。

ダメだ、改めて言葉にしてまとめてみると頭がおかしくなる。姉さん……いや、リュイランさんとこれ以上親しくなっていいのか、悩む。

早めに逃げるべきだろうか。

いや、逃げたらリルさんが狙われる。

リルさんは僕の恋人として、義妹として認められてる。仲も良い。

仮にリルさんにリュイランさんについて真実を伝えたとしよう。リルさんは僕のように嫌悪感を隠すことはせず、正面から拒絶する可能性はないか？　それとも僕と同じで、気持ちを隠すか？

どっちみちリスクが高すぎる。僕の中で秘密にしておこう。

だが、それでは姉さんを裏切るようで……。

「う、うぇぅ……っ！」

ダメだ、考えるのをやめろ、これ以上は罪悪感で潰れる。僕が保たない。

びちゃびちゃびちゃ、ともはや胃液しか出てこなくなった吐瀉物を見て、僕は涙を拭った。

秘する覚悟を決めたなら、一生この気持ちと付き合っていくんだ。背負え。リルさんにも悟られるな。

「……よしっ」

僕は吐くものを吐き尽くし、膝を叩いて力強く立ち上がる。

問題は多いけど後回し。今はどうにもならない。せめて、そうだな、姉さんが地球に行けるときにでも手紙をしたためて託し、それとなく父さんと母さんに押しつけよう。

それまではもう考えない、あの言語についても聞こえないフリだ！

まずやることは！

「吐瀉物を掃除するかぁ……」

そこら辺から掃除用具を見つけ、黙々と吐瀉物の掃除から始める僕だった。衛生管理を考えたら、ここで吐くんじゃなかったよ、すまんかった。

掃除が終わったあと、食料庫を改めて探ってみると、ワインといくらかの食材を発見。

というか、なんでまだ残ってるんだよ。全部持って行けよ。

いや、もうこういうのを気にする余裕すらなかった。リルさんに食事を作ったとき、裏切り者への対処とか砦と畜舎の補修とか、やることが多すぎて気にしてらんなかった。ほんと。

「これでいいか」

見つけたワインといくらかの食材を使おう。ただ、酒をそのまま出してもおもしろくない、ちょっと変わったものを出そうか。

ワインを試飲してみると、なんというか濃くて甘いな。いけるか？

なので作ってみるのはポート・フリップと呼ばれるカクテル。材料はワイン、卵黄、砂糖、ナツメグでございます。どうだろ、ワインにそこまで詳しくないけど美味しくできるだろうか。

作り方、と言われてもまぁシェーカーに材料を入れてシェーク、あとはグラスに注いでナツメグをかければ完成なのですが、ここは異世界、シェーカーなんてものはない!!

仕方ねぇ。なければ手段はただ一つ。

「リルさーん!!　作ってほしいものがありまーす!!」

「はいはーい……」

困った時はリルさんに頼るっきゃねぇ！　食堂に向かって大声を出すと、リルさんは嫌そうな顔をしながら入ってくる。

「シュリ、リルのことを便利道具作成職人とか思ってない？」

「魔工使いって大雑把に括るとそうなっちゃうのでは？」

「反論できないけど、あとで骨盤辺りを後ろから殴るから覚悟してね」

「ごめんなさい」

嫌だよ殴られると地獄の苦しみを味わうよそこは。

リルさんは溜め息を、これでもかと大きくついた。

「でぇ？　何を作れってぇ？」

「めちゃくちゃ棒読み。えっとですねぇ……」

さっき使った中華鍋を片手に、これをシェーカーに変えてほしいとお願いしてみる。ちとうろ覚えなところもあるが、頑張って思い出しながら伝えてみた。

するとリルさんは言った。

「それなら、その鍋を作り替えるのはやめといた方がいい。さっきの料理の油が残ってるし、材質も適さない可能性がある」

「あ」

僕は気づいて、大きく口を開けた。

忘れてた、これに思いっきり油と調味料を入れて青椒肉絲を作ったんだよ。いくら魔工で形を変えたからって、付着してる油が消えるわけじゃない。

「そうですねぇ……リルさんなら都合よく油を分解できると思いましたが……」

「油の分解……まぁ、練習すればできるかも……いや、無理かも。油の分解について想像できない。あと材質はどうしようもない。酒を混ぜるものなら、鉄はオススメしない」

「あぁ……そこはどうしようもない」

言われてしまえばその通りです。さて、どうしよう。困ってしまった。

材料は用意できても道具がない。うーむ。

僕が顎に手を当てて悩んでいると、リルさんも同じような仕草で少し考えてから言った。

「シュリ。極論として衛生面で問題ないなら何を使ってもいい？」

「え？　まぁ、うん、そうなのかな？」

「なるほど。ちょっと待ってろ」

リルさんはそういうと、厨房(ちゅうぼう)から出て行ってしまった。どこ行った？　何やら食堂の方が賑(にぎ)やかになったあと、バタバタと移動する音が聞こえる。

困ったな。リルさんが姉さんを連れてどこかに行ったらしい。僕は本当に待たねばならんか。

することがなくなったので、僕は椅子に座る。ぼんやりとしながら戻ってくるのを待っていよう。

ボーッとしていると、誰かが厨房に入ってきた。その顔を見て僕は立ち上がった。

「が、ガングレイブさんっ？」

「おう、シュリ。なんかつまめるもんはあるか？　出立の準備で腹が減った」

ズカズカと入ってきたガングレイブさんは食料庫の方へ行き、中を一瞥してから戻ってきました。

「ほぼないな」

「はい」

「そうか……そこに並べてあるものはなんだ？」

目敏く、ニヤニヤしながらガングレイブさんが聞いてくる。絶対わかってるくせに、こやつ。

「姉さんたちが酒を飲みたいって言うんで、用意したもんですよ」

「そうか」

ニヤニヤしたまま椅子にどっかと座ったガングレイブさんは、ここから離れようとしなかった。こやつ。

「ガングレイブさん、仕事はいいのですか？　晩酌のつまみはありませんが」

「酒はある」

「アーリウスさんに怒られませんか？」

「慣れた」

「慣れたらあかんでしょ」

あけっぴろげに言っちゃうガングレイブさんに、思わずツッコミを入れてしまった。

すると、ガングレイブさんが笑い出した。

釣られて僕も笑った。

二人して下品な笑い声を上げ続ける。ゲラゲラゲラワハハ、と腹の底から笑った。

ひとしきり笑い合って、目尻に滲んだ涙を拭い、ふぅっと二人で息を吐いて落ち着く。

「もう少し経ったら、おかえり、と言えばいいのか」

「そのとき僕はただいま、と返しましょうか」

ふふ、と二人で笑った。

「いやぁ……お前が誘拐されてから、長い時間が過ぎた気がする」

「僕もそんな感じです。一年も経ってないはずなのですが……不思議なものです」

そうだよな。一年も経ってないはずなんだ。でも、この人たちと離れたときから凄く時間が経ったような気がする。なんでかわかんないけど。

多分、この人たちと一緒にいることで得てきた刺激が、それだけ濃密だったんだ。時の流れを忘れさせ、一日一日の密度が濃く、一秒が長く感じた。

でも誘拐されてからは光陰矢の如し、あっという間に時間が流れた。衝撃的な情報、とんでもない出会い、知りたくなかった話、唐突な……唐突な……。

脳裏をよぎるのは、お気に入りの本を持って襲いかかってくるアユタ姫と、その後ろで満面の笑みを浮かべたまま筆を握るカグヤさんの幻影。

うん。そうだね。僕は笑顔で言った。

「不思議なもので、カグヤさんのお尻を一発叩きたくなりました。どこにいます？」

「話に脈絡がなさ過ぎるんだけど何があったのお前!?」

「いい音を鳴らして痛みで悶絶するほどの威力で叩きます。どこにいますかあの変態？」

「変態?? 何があったの、ねぇ説明してくれよ、怖いよ、怖い、光を宿さない目をするな」

ごめんな。いろいろとあったんだけど、なんだかんだであの本がなけりゃあもうちょっと静かに過ごせてたと思うんだよ、僕は。

必ずカグヤさんこと変態作家のお尻を叩いて悶絶させ、これ以上の蛮行を止めねばならぬ。これは天命である。我が命の使い道である。

すっくと立ち上がる僕を、ガングレイブさんが落ち込んだ表情で腕を掴んで止めてきた。なぜか力が弱い。握る力が弱い。止めるつもりがなさそうな、止まればいいな～ってくらいの力。

「待て待て。落ち着け。ほら、カグヤも仕事中だからな、ほら」

「うるさ～い。僕は行くんだ～」

「うわぁ解かれたぁ」

軽く払ってみるとあっさりと振り切れたので、そのまま行くフリをしてみる。ちらりと後ろを見たら、止めるフリをして腕を伸ばすガングレイブさんがいた。

いや、あなた、この程度の距離なら腕を伸ばせば止められるでしょ。

「……ガングレイブさん。本心は？」

「とりあえず事情だけ聞かせてくれたら行かせてやる」

「カグヤさんが官能小説を書いていて、アユタ姫がその愛読者で、散々な目に遭いました」

僕が説明すると、ガングレイブさんは放心状態で天井を見上げながら手で顔を覆った。

「ちなみに聞くが、本当にカグヤの仕業か？」

「間違いなく。カグヤさんとアユタ姫に聞けばいいと思いますよ」

僕の一言に何かを考えてから、ガングレイブさんは僕の目を見た。

「どんな目に遭った？」

「作品内状況再現型の恋愛寸劇に付き合わされて、背中に噛み痕と爪痕がたくさんつきました」

「許す、後でやってこい」

よっしゃ許可は出たぞ。

「今は、なんだ。お前の姉さん？　とやらに酒を作るんだろう？　家族との交流は大切なことだ、そっちを優先しろ」

冷静になったガングレイブさんは、そのままゆったりと休む。

ここで僕は一つ考えた。

僕が姉さんとミスエーさんの異国語を理解できることを、説明してもいいのでは？

リルさんには説明できない、姉さんと仲良くしてるから。それはさっきも考えたとおり、リルさんが抱く不信感を姉さんに悟らせる結果となる。

僕だけに留めるにしても、それを有効に活用できる場面というのが思いつかない。

だが、ガングレイブさんなら、信頼できる。

「ガングレイブさん」

「あ？　なんだ？」

「大事な話があります」


その後、僕は食堂と廊下にリルさんと姉さんたちの姿がないことを確認し、念のために小声でガングレイブさんと話をした。

僕の言語理解能力のこと、姉さんたちが異国語を話していること、僕にはその異国語も理解できてしまうこと。

そして、姉さんたちが異国語で話す内容が、僕たち人間をエサと表現したり、飼い猫か飼い犬のような扱いであること。

最初は、ガングレイブさんは信じられないようで冗談として受け取って笑っていたけど、僕の顔を見て話を聞き続けているうちに理解できたらしく、深刻な顔をした。

「それで？　その話をして、俺にどうしてほしいんだ」

「僕はこの話を姉さんたちにはしていません。リルさんも含めてです。この秘密が、いつかどこかで役立つかと思って咄嗟に隠しました。ガングレイブさんなら、これを有効に」

「活用しない」

ガングレイブさんはきっぱりと断ってきた。この反応には思わず驚いた。てっきり、何か有効活用するかと思っていたのですが、そんなことはしないと断じてる。

ガングレイブさんは机に肘をつき、真剣な顔をして言った。

「異国語を理解できるのは大きな利点であり、情報を隠したのは褒めるべき点だ。必ず、それが役に立つときがくる」

「だったら」

「だが、相手はお前の姉だろう？　生き別れて、存在すら知らなかった姉だ。家族だ」

厳しい口調でガングレイブさんは続けた。

「お前は姉のことが怖いのか？」

「正直怖いです。いきなり姉と言われても存在も知らなかったし、人間の倫理観や常識が通じないし……」

「正直、アスデルシア……じゃねぇや、リュイランだってお前のことが怖いだろうが。知らないうちに弟がいて、自分がいなくても家族として成り立ってた。いまさら自分の居場所があるのか、受け入れてもらえるのか、不安で怖くてしょうがないのはあっちだろ」

「でも、考え方が怖いですよ」

「初対面の相手とそこまで深く話したわけでもなく話し合いをしてるわけでもない。相手が人間ではないのはついさっき知ったこと。価値観の相違があるのは当然だ、当たり前のことだぞ、何を恐れてるんだ」

戸惑う僕へ、ガングレイブさんは言い切る。

「家族は助けるべきだ。俺にそう言ったのは、お前だぞ」

ずん、と僕の心に重いものがのしかかる。同時に、自身が抱いた疑心暗鬼を恥じて俯くしかなかった。

ああ、懐かしい言葉だ。かつてのアルトゥーリアにて、アーリウスさんが攫われたあのとき。ガングレイブさんが手をこまねいていたとき。

僕はガングレイブさんと素手で殴り合い、助けに行けと言った。家族は助けるべきだと叱咤して……最後には革命が起こって殺し合いになった。

心の底から後悔し、アーリウスさんが戻ってきてもそのまま喜べず、死んだ人たちの顔を夢で見ることもある。そのときは心臓と肺が動かない錯覚に陥り、苦しくなる。

でも、だ。それならアーリウスさんを助けない方が良かったというのか？

んなわけない。

それで終わっていいわけがない。

何度も何度も考えては悩んで答えを探して、答えを出しても死んだ人の顔を思い出しては振り出しに戻る。

……そうか、これが本当に背負うってことか。

恥ずかしい話、ようやく僕は背負うという意味を理解した。

自分の幸せのために戦って生き残った者は、戦って死んだ人が置いていった『ナニカ』を背負って、残りの人生を歩いて行くことになるのだと。

僕が誰かを殺したわけではないが、引き金を引いた責任という形で背負っていくことになるんだ。

「ごめんなさいガングレイブさん。まさか自分の言葉を忘れていたとは……」

「お前が相手に対して不信感を抱いて、咄嗟に取った行動ってのは理解できる。俺もそうする。だけど……さっきも言ったが、相手はお前の生き別れの姉だ。人間……とは言いがたいが、これから理解を深めてみろ。それでもアレなら、相談に乗る」

「わかりました！」

僕は勢いよく返事をして立ち上がる。そうと決まれば行動あるのみ、有言実行だ!!

まずは姉さんを探そうと食堂の方へ向かう。どこに行ったかかな？　急いで探そう。

食堂の入り口の扉に手を掛けようとした瞬間、扉がいきなり開いた。

「あれ？　シュリ？」

そこにいたのはリルさんだ。どうやらどこかに行ってたのが、用事を終わらせて戻ってきたところらしい。ということは、だ。リルさんの後ろに目を向ける。

「弟ちゃん、どうしたの？」

「姉さん」

そこには姉さんことリュイランさん。

いや、もう腹は括った。覚悟は決めた！

僕はリルさんの横を通り過ぎ、姉さんの前に立つ。姉さん、小さいな。僕よりも背が低い。

年上……うん、年上なんて言葉が無意味になるほど年上なんだけど、それはそれとしてこんな小さな女の子が、両親と生き別れてこの世界にただ一人取り残され、寂しい思いをしてたんだ。

気が遠くなるほどの時間孤独に過ごして、気まぐれに大陸を維持してきた。気まぐれに、だ。サブラユ大陸で姉さんを止められる人はいないだろう、好き勝手にしてもいいのに、気まぐれで維持し続けてきた。

神のような視座で惨いことをしてきたのも知ってる。寂しいからといって許容できないほどのことをやらかしてるのも、わかるつもり。

僕は、姉さんの弟だ。

リルさんのつらさを半分背負うと言ったばかりだ。

なら、姉さんがしてきたことだって、背負ってもいいはずだっ。

「姉さんっ」

「!? どうした、どうした弟ちゃん!?」

僕は姉さんを抱きしめた。リルさんが後ろで「何してるっ??」と困惑してるが、ここはスルーさせてもらうっ。

抱きしめてみてわかった。想像以上に細くて小さい人だ、姉さんは。こんな小さな女の子を相手に、僕はなんて不義理なことをしてたんだと罪悪感が胸を締め付ける。

……正直、抱きしめて感じる筋肉の感触が、明らかに人間のそれよりも遥かに柔軟かつ硬い。いや、硬すぎる辺りに人間離れしてるなってのがよくわかるけど無視しよう。

あと、骨の形も僕が知ってる人間のそれとは、なんかこう、違うような気がするというか関節とか骨の硬さとかその辺りに違いがあるなとか思うけど、それも無視しよう。

最後に体温が異常に低くて死んでるんじゃないかと思ったら、別の箇所が異常に熱かったりするのも無視しよう。

いや、もう、ここまで違和感があったら人間じゃねえってのはわかるんだけど、無視しよう！ 今は、そこは、重要じゃない!!

後でクウガさんに「姉さん、体の形からして人間離れしてます」と報告しようとか思ったけど、それも後回しだ!!

「ごめん、僕、正直に言うと姉さんのことを姉さんだと信じにくかった！　いきなりいろいろあって、生き別れの家族がいるとか両親がどうとか言われても実感がなかった！」

「……まぁ、それはそうだろうね」

「でも、僕が悪かった！　この世界に来て生き別れの姉に会えて、正直心のどこかで嬉しかった！　縁もゆかりもない世界で、仲間の縁を結んだ、恋人の縁を結んだ人ができても、それを報告できる家族がいないのは寂しいって気づかされた！」

姉さんを強く抱きしめたまま、僕は胸の内を吐露していく。

「寂しかった、寂しかったんだ。仲間たちと友人たちと恋人がいても、帰る場所ができても、今はもう慣れたけど、この世界に来た最初の頃は寂しかったし怖かった」

「そうだね。寂しいことだね。怖かっただろう」

「怖かったよ。戦争のない世界から来て、戦争のある世界で生きていくことが怖かった。今はもう慣れたけど、それでも、怖かった。血を見て気絶した。精神的負担がかかりすぎたら寝込んだ」

あれ、僕は何をしようとしたんだっけ。疑問が頭をよぎるが、口から出る言葉が止まらなくなっていく。

「でも、仲間ができたよ。恋人ができたよ、姉さん」

「知ってる。頼りになる人たちで良かった」

「いっぱい困難があったけど、乗り越えてきたよ。友達と一緒にさ」

「ああ、それも知ってる。信頼できる人たちで本当に良かった」

「それから、あと、誘拐されても、生き残ったよ」

「よく頑張ったね。信用できる人を見つける目を養えたんだね」

「あとさ、姉さん、聞いてくれよ、あと」

「うん、うん」

口が勝手に動いて止まらない。次から次へと出ようとするところで、姉さんが僕の背中に腕を回して、優しく背中を叩いてくれた。

「頑張った、頑張ったね弟ちゃん。シュリ、よく頑張った。お姉ちゃん、感動したし安心した。再会できて良かった良かった」

優しく言ってくれる声と、慈しむように背中をさすってくる手、抱きしめた内側に感じる家族の温かさ。

その瞬間、僕の中で何かがプツッと切れた。

体が震えて、膝から力が抜けていく。気づけば膝立ちになっていた。

頬にとめどなく感じるものを手で拭ってみると、涙が流れていた。溢れて止まらず、自然と次から次へと流れてた。

　しゃくりあげながら、僕は泣いていた。

「こ、こわ、怖かった。正直、凄く、怖かった」

「うん、うん」

「ね、姉さんに、家族に、あ、会えて、良かった」

「お姉ちゃんも会えて良かったと思ってるよ。大丈夫、もう寂しくないよ」

膝立ちになったことで、今度は僕の頭が姉さんの胸辺りの位置まで下がっていた。姉さんが、僕の頭を優しく胸に抱きしめてくれた。

「寂しくないよ。寂しくない、お姉ちゃんも寂しくなくなっちゃった」

もう、限界だった。

「あ、ああ、あああぁぁぁああ……」

言葉にならない泣き声が喉から出てくる。姉さんの背中に腕を回して強く抱きしめた。

ああ、そうだよ。いい年をした男が姉の胸の中で泣くなんて情けないだろうさ。その通りさ。僕の頭の冷静な部分が、そんな自虐の言葉を発する。

でも、止まらない。止まらないんだ。突然異世界に飛ばされ、天涯孤独になってしまった。恐怖と寂しさの中で、縁を得てどうにか生き残ることができた。

　この世界に根ざすための縁を得たけども、元々のものが何もない異世界。

寂しい気持ちは、どこかにあった。

ところがどうだ。

突然、家族が現れた。人間じゃないし人間離れしてるし人間とはかけ離れた倫理観を持ってるけども、なぜか安心できる人が、今、目の前に。

その事実だけでいいよ、もう。

ひとしきり泣いたあと、僕は姉さんの背中に回していた腕を緩めた。

スッキリしたら羞恥心が勝ってきた。リルさんもそこにいるんだ、そろそろ離れよう。

「ごめん、姉さん。突然こんなことをっ……!?」

離れようとして、気づく。

姉さんの力が強くて、僕の頭を抱きしめる腕を振りほどけないっ！

ちょ、ちょっと待って、この形はヘッドロックみたいな。

「いいんだよ、いいんだよ弟ちゃん！　これでようやく、お姉ちゃんと弟ちゃんは血だけではなく心も繋(つな)がった家族になれたんだ！　吾(われ)も寂しかったよ！」

ぐぐ、と力がこもる。ヤバい、潰されるっ!?　恐怖心が湧き上がってきたが、突然髪の毛が濡れる感触を覚えた。腕の中でなんとかもがいて見上げると、なんと姉さんも泣いていた。

両目から涙を流し、顔はくしゃくしゃになっていた。

「母さんも父さんもいない！　突然、吾の目の前で消えた！　生きてるかどうかもわからないまま、子供だった吾だけ取り残されて、サブラユ姉さんもあんなことになって、孤独になって、孤独に、なって」

そか、そうだな。

「でも、みんなにお願いされたからさ。吾なりにやってみたけどさ。やっぱり、上手くはいかなかったんだろうな。吾、人間の気持ちがあんまりわかってなかったからさ」

「そんなことなかったよ」

「数字だけ、見て、なんとかした気になって、宗教作ってみて頑張ったけど、カグヤって娘を悲しませて」

「それは後で、僕も一緒に謝りに行くよ」

そらそうだ。

「一緒に行ってくれる？　ずっと一緒にいてくれる？　吾、人間じゃないけど」

「いずれはリルさんとずっと一緒にいるからちょっと離れることもあるけど、生き別れになることはないよ」

「それくらいは、我慢する。弟ちゃんの家庭は壊したくないもん」

「そうだね。姉さんはちょっと人間じゃないかもしれないけど、家族だよ。家族は助けるものだよ。姉さんが泣いてるなら助けるよ。リルさんも幸せにするし守るよ」

「シュリ。リルとしては嬉(うれ)しいけどさ……今だけは口だけでも義姉(ねえ)さんのことを優先してもいいんだよ？　ちょいちょい言葉の端で家族の再会が台無しになってるけど？」

後ろでリルさんが何かを言ってるが、よくわからん。

「弟ちゃん、会えて、うれしいよっ……！」

「僕もだよ、姉さん……！」

互いに寂しさを抱えたまま生きてきた。姉さんも僕も、家族のいない世界で寂しさを胸に秘めながら生きてきた。

でも、もう寂しくない。

二人しておいおい泣き続けていた。今だけでも、泣いて再会を喜ぼう。今だけでも。

……ちなみに姉さんの涙は薄い水色だった。こんなとこも人間じゃねぇなって。


「夜中に二人して泣くから驚いたぞ」

「リルを置いてけぼりにして二人の世界に入ってて困ったよ」

「「ごめんなさい」」

僕と姉さんは、食堂でリルさんとガングレイブさんを前にして、一緒に頭を下げて謝罪していた。

二人の世界に入って延々と泣き続けてたからね、リルさんも困っただろうに。そこへガ

ングレイブさんが来て、僕たちの様子を見て察してくれた。

そして、落ち着かせてくれたわけだ。

すっかり冷静になった僕と姉さんは羞恥心で顔を真っ赤にして、二人に謝ってたわけだ。随分と迷惑をかけてしまった。夜中に騒いで心配かけちゃったし。

「姉さん、ごめんよ。僕のせいで」

「大丈夫だよ弟ちゃん、吾はわかってる」

「それをやめろ。なんかリルだけ置いてけぼりされてるみたいで寂しい」

おや、困ったな。隣に座るリルさんが頬を膨らませて拗ねてしまった。

「姉さん、リルさんが寂しがってしまったよ」

「そんなときは慰めて一緒にいるんだよ、弟ちゃん」

「「ハハハハハハっ！」」

「ふんっ！」

「せいっ！」

ごちんっ。

二人してノリを合わせて笑っていると、隣に座るリルさんからは脇腹パンチを、ガングレイブさんからは立った姿勢からのゲンコツを食らった。

悶絶するほど痛い……!!　くぅ……！

「俺の前で二度とそんな態度をとるな、なんかイラッとする」

「リルを置いてけぼりにした挙げ句の寸劇、次はないから」

「ごめんなさい……っ！」

くそ、なんか姉さんとはノリが合うから、自然とこんなことをしてしまうんだ……！

身内ネタを表に出すのは寒いってわかってるけど、やってしまうんだ……！

反省してると、姉さんは少し目を伏せてから言った。

「まぁ、これで終わらせるけど、許してほしいな。ただでさえ、吾の言葉を理解されてたことに衝撃と気まずさを覚えてたし。ほんと、こういう性根はなかなか治んないや」

申し訳なさそうというか、悲しそうに話す姉さん。

僕は結局、姉さんとリルに「異国の言葉を理解できる」ことを話した。何を言ってるのかがわかる、って。

その結果がこれだ。自分の本性、性根の部分を知られて落ち込んで反省してる。

ちなみにだけど、具体的な内容はリルさんにもあまり伝えていない。ただ、「弱いから守ってあげないとね」という上から目線だったとだけは伝えたが。

「実際、あなたはクウガよりも強い。リュウファよりも強い。俺たちがあなたに守られる、という立場や関係は事実でしょう。事実である分だけ、実際に口に出されると困りますが」

ガングレイブさんが僕を横目で見ながら言った。ガングレイブさんは僕が先にこっそり伝えた内容から、具体的に自分たちがどういうふうに言われているのかわかっているが、ここではっきりとは言わないようだ。

「うん、まぁ。吾もそういうのはいけないなとは、思ったけどさ」

「義姉さん……！　この不肖の義妹、あなたに認められる義妹となります……！」

「リル……義妹ちゃん……！」

「え、やめろと言った当人がそんな寸劇をやらかすのか」

ダメだこりゃ、これはもう東家の人間性から生み出される、悪癖みてぇなもんだ。直そうにも直せねぇ。呆れた顔をしたガングレイブさんも、もう注意するのを諦めてる。

「あー、ガングレイブさん。僕はちょっと酒を作ってくるので、この場は任せました」

「お前、本気でそれを言ってるのか」

ガングレイブさんが呆然として何かを言ってるが、聞こえないふりしてとっとと厨房へ行く。やりかけだったしな。

厨房へ戻り、机のものを見る。用意した食材と、リルさんが作ってくれたシェーカー。リルさんたちはどうやら、アユタ姫のところに行って窓のガラスを強奪してきたらしい。強奪というが、そこで具体的にどういう話をしたのかは教えてくれなかった。

確かに聞いたことはあった。ガラス製のシェーカーというのは。ただ、正直なことを言うと……。

「果たして、窓ガラスだったものをシェーカーとして使ってもいいのだろうか……」

見れば見るほど、僕が要求したシェーカーの形をしてる。ちゃんとしたデザインで仕上げてもらって、感謝しかない。

ただ、何というか、その、食品を扱う者として、元は窓ガラスだったシェーカーで酒を作るというのは、正直、複雑と言いますか……。やりたくねぇって感じで。

どうしたものか、と悩んでいると裏口の扉が開く。

「ん？　あれ？」

「どうしたぁ？　シュリぃ？」

そこから入ってきたのは、なんとネギシさんでした。予想外の人物に硬直してしまう。

なぜここに？　と思っていたが、外から来たのを思い出してちょっと笑った。

「ああ、なるほど。ネギシさんが外にいたのはそういうことですか」

「そうだぁ」

ネギシさんは笑うと、さっさと厨房を抜けて出ようとする。手にはいつもの酒瓶とつまみが入っていただろう袋があった。

今日は月見酒の日だったか。だから外にいたってことか。こういうときにも月見酒をしたくなるとは、ネギシさんにとって本当に大事な時間なんでしょう。

と、ここで僕はひとつ気づいた。

「ネギシさん。ちょいといいですか？」

「なんだぁ？」

ネギシさんは僕に呼び止められたのが意外だったのか、ちょっと戸惑った顔をして振り向いた。

「ネギシさんは、こう、酒を混ぜるのにちょうど良い容器とか持ってませんか？」

「あるぞぉ」

「まぁそんな都合良くあるわけが――あるの!?」

今度は僕が、返ってきた答えに驚いてしまう。あるのか、なんかあるのか。

何も言えず声が出なくなっていると、ネギシさんは机の上にあるワインを指さす。

「そいつを使うのかぁ？」

「ええ、まぁ」

「……ずっと前に買って、そのままだったやつがこっちにあるぞぉ」

厨房（ちゅうぼう）の隅っこ、調理道具がある戸棚の前に立つ。ほとんどの調理道具は持って行かれているので中身はスカスカなのですが、それでも普段は使わないような道具が残っていた。

その中で、最上段の左端、鍋とおたまの陰に隠れるような位置にあったものを取り出して、僕の前に出した。

「こういうのだろう?」

出してくれたのは、ステンレス製のシェーカー。バーでよく見る、地球ではありふれたもの。棚の奥に放って置かれていたので少し埃をかぶっている。

……ちょっと待て、なんでこれがここにある。どう考えたっておかしいだろう。

この世界に来て、いろんなものを見た。この大陸にそぐわないもの、地球で見たものがそのままの形で再現されているようなもの。

以前見たパイナップルだってそうだし、不自然にあちこちに生えている香辛料や日本刀のような湾刀、コンポジットボウとコンパウンドボウを組み合わせたような弓、黒曜石のような岩石を砕いて作った槍。

僕はこれらを、かつてこの異世界に流離い人として召喚された人たちが持ち込んだものを植えたり、製造法を広めたり、昔から残っているものだと思ってました。

これはその中で、製造法が広まったもの。明らかに昔からあったものが流れてきたんじゃない。劣化してる様子もないし、埃をかぶっているだけで新品そのものです。

言ってしまうと、金属の精製法とシェーカーの作り方、そしてこの用途を理解している人たちがいるってことだ！　つまりその人たちは、ステンレスの作り方を知っているってことだ！

あまりの事態に背筋に寒気が走る。ステンレスは工業製品としても加工品としても優秀な金属だ。この製法と販売を独占されているとなると、将来的にガングレイブさんの脅威になりうる!!

「ね、ぎしさん？　それをどこで、買ったのですか？」

「昔な、変わった訛りで話す行商人から買ったんだよ。不思議な商人だったな……この砦の近くをたまたま通ってたらしくてよ。自分のところで作ってるもんらしい」

「どこですか、それは？」

僕は前のめりになってネギシさんに尋ねる。どこの誰がこれを作ってるのか知りたい。

しかしネギシさんは首を横に振った。

「わからねぇ。その商人は身元も明かさなかったし、変わったものはどうかと売りに来て、美味い酒を作るための調理器具だって言うから買っただけで、いい使い方がわかんなかったから放置してたもんだし」

「そんな……」

「あと、これを売りに来たときは三日月の夜だった」

……それってつまり、

「ネギシさんが月見酒をしていたとき、ですか？」

この人にとって大切な時間の最中に、不粋にも営業してきたってことだ。

ネギシさんが月見酒してるところに商売に来て話しかけてきた、と？　僕の真顔を見たネギシさんが、酒瓶を持ち上げて言った。

「もちろん、邪魔してきやがったから殺すつもりで殴った。なのに、俺は投げられたんだよ」

「投げ、られた？」

「ああ。不思議な感覚だった……殴るために前に出た勢いが、そのまま商人を中心として回る勢いに変えられて、気づけば背中から地面に叩きつけられてたんだよ。俺の右手を掴んでただけのそいつが、どうやったのかわからん。結局、根負けしてそれだけ買った」

……それって、合気道とかそういうの？　いや、合気道だってそんな突拍子もない、マンガの中にあるような技じゃないのは知ってる。ちゃんと理論と術理があるものだ。

なのに、その商人はまるでマンガの達人のような合気道の技を使った、と？

寒気が止まらない。なんだ、そいつは何者だ？　ステンレスの製法と用途を知り、合気道のような技を使いこなす商人。

考察のために頭を働かせていた僕に、ネギシさんは軽く肩を叩いてくる。

「気にすんな。あの商人が何者か知らないが、それから二度と現れちゃいねぇよ。それは俺の敗北の記憶というか苦い思い出の品だ。有効活用してくれや」

ネギシさんは手を振って、厨房から出て行きました。食堂で何か話す声が小さく聞こえてきたが、気になるものは気になる。

だが、今は僕が作る酒を待っている人がいるんだ。そっちを優先しないといけない。後で考えよう。

そういえば……と思い出す。バーとかで出すカクテルの類って、お客さんの前で作ってたな、と。

あと、できあがったカクテルは適切な温度で飲んでほしいとかも、あったようななかったような。なんの知識だったたっけ？

まぁいい、とりあえず材料やらなんやらを持っていこう。

そういえば、と目を移してみる、そこにあるリルさんが作ってくれたシェーカーは、どうすべきだろうか。

衛生面で、使うのは躊躇するし、かといってほっといたらリルさんに悪いし……と考えて、思いついた。

僕はリルさんお手製シェーカーを、まず念入りに水洗いする。見た目は凄く綺麗なのですが、とことん念入りに洗っていく。

次に鍋に水を大量にぶち込み、湯を沸かす。そこにシェーカーを入れて煮沸消毒。ガラス製なので割れないように注意。

取り出したそれを清潔な布で拭き、乾燥させる。

これで完璧だ。行こう。

「お待たせしました」

食堂に行き、みんなのいる机に道具と食材を広げる。リルさん、ガングレイブさん、姉さん、ミスエーさんがそれらを見て……なぜかミスエーさんがいない？　そしてリルさんが不機嫌な顔になった。

「……リルの作ったやつは？」

「すみません……あれ、窓ガラスだったものですよね？　見た目清潔でも使うのはちょっと抵抗があったので……洗って湧かしたお湯に入れて、乾燥させてます。次からは、あれを使いますよ」

「……そうか、そういえば何に使うかとか、綺麗さとか忘れてた。一応、ちゃんと洗っておいたんだけどな……シュリとしては、見逃せない？」

リルさんの質問に、僕は頷いた。

「はい」

ハッキリと答えておく。

「食品を扱う者として、食事をする人の安全に配慮するのは当然のことですから」

「その割に人の口に食べ物を突っ込んでくるよな？　あれはどうなんだ」

「さて、作りますね」

「こら、答えろ」

知らん。ガングレイブさんの言い分など知らん。食わず嫌いをする奴が悪いってことにしといてくれ。僕はあえてそっぽを向いて無視しておいた。

「そろそろ作ってほしいー」

「待ちくたびれたー」

リルさんと姉さんが待ちくたびれたように机にグダってきたので、始めるか。

ポート・フリップを作ろう。

まずシェーカーにワイン、卵黄、砂糖、氷を入れていきましょう。

この氷は、先ほどの姉さんとみんなの話し合いの折に、アーリウスさんが用意してくれた飲み物に使ったものです。余ったものを別の器に移して溶けないようにしていたのです。

んで、これをシェークする。よくドラマとかバーで見る、構えてやるやつ。今回は卵が入るので強めにシェークしておきましょう。

ちなみにシェーカーにはくぼみがあって、正しく振るための指の位置とかあります。

僕は詳しくないのですが、このシェーカーにもくぼみがあって助かった。

ただし、僕はシェーカーをそこまで使いこなしてるわけではないので、ちょっとたどたどしくなる。使っていけば、慣れていくかな。

手のひらで持つのではなく、指の先で持った方がいいだろうか？　いろいろと試してみる。この、新しい技術を学ぶ瞬間は楽しい。

さて、できあがったものをグラスに注いでナツメグをかけて完成だ。

「まずは、姉さんからどうぞ」

「お、ありがと」

できたポート・フリップを、まずは姉さんへと渡す。リルさんとガングレイブさんのためのポート・フリップも作り始めた。

横目で見れば、姉さんがポート・フリップの入ったグラスを手に取って眺めていて、ゆっくりと口を付ける。

口に含んで少し味わってから、こくり、と飲み込む。喉を通ったあとの香りも十分に楽しんだだろう姉さんが、うっとりとした顔で言う。

「うん、美味(おい)しい」

姉さんはグラスをゆっくりと揺らした。

「甘味のあるワインにコクのある卵黄の味……まろやかな味わいを楽しめるワインだ……いいね、これ……」

「これから姉さんも、みんなも寝るでしょう？　このワインは、食後や寝る前に飲むのに適してると言われてるんだ」

アルコールには人に眠気を感じさせる物質が含まれています。節度を守れるならば、一時的な睡眠の導入を促し、体を温めて頭を休める効果もあると言われています。

ただし、同時に人の睡眠リズムを乱してしまうところもあったりします。そしてアルコールを分解すると出てくる物質は眠りを浅くするところもある、と。

結果として、早く寝ることができても眠りそのものは浅くなる、疲れが取れなくなるともいわれます。

なので寝る前に飲むといっても、数時間前までに飲んでおくべきでしょう。

さらに、寝酒をすると太る可能性があったり、睡眠薬と組み合わせると副作用が出たりするかもしれない。耐性ができることでアルコールの摂取量が増えたり、依存症になったりというリスクも忘れてはいけない。

なので、寝酒をするときは本当に、本当に気を付けないといけません。節度を守り、休肝日を作り、酒に頼らないと眠れなくなるような状態にならないこと！

あくまでも寝酒というのはたまの楽しみであること、心も体も健康であることが前提の、ちょっとした飲酒文化であるというのは頭に刻んでおくべきです。

ちなみに僕は寝酒反対派。よくねぇだろ、とは思ってる。本来は推奨しないし知り合いがやってるのなら無理にでもやめさせるし、それで体を壊しそうなら病院に放り込む。

ただ……この世界に来てから、人の死や不幸というものを多く見てきた。酒を飲まないとやってられないという精神状態に陥る人を多く見てきた。

戦場というのは、それほど過酷だ。

なので、せめて、寝酒のリスクを下げてほしいと思って頑張った時期もある。

「寝酒っていうのはあんまりやるべきじゃないけど、たまーに、本当に気を付けてやる分には反対しませんよ。つらいでしょうし」

「……そうか……そうだな」

できあがったポート・フリップをガングレイブさんの前に出す。

ぐい、と一気に飲むと何かを考えはじめた。

「リルも普段は寝酒はしない」

リルさんの前にも酒を出す。

「ただ、今日はいろいろありすぎた……」

グラスを掴(つか)み、ちびちびと味わいながら飲み始めた。

「ふぅ……今日だけ、少しだけ……眠らせてほしい」

「そうですか」

最後に一杯。自分の分を作ると、僕もグラスに口を付けた。飲み込む酒の感触に、つらいことが多すぎた今日の疲れをゆっくりと流してくれるような優しさを感じる。

眠るには考えることが多すぎる。今日だけ、少しだけ……リルさんの言うとおり、眠れるように飲もう。

「ゆっくりと、寝ますか。明日には……ここを離れるわけだし……」

目を細め、僕は少し前までのことを思い出す。

本当に、あのときリュウファさんに攫われてからいろんな事がありすぎた。

かつての友人である篠目ことウィゲユとの邂逅、同じく転移者こと流離い人である織田信長との遭遇、アユタ姫とネギシさんとコフルイさんとビカさんとミコトさんとの交流、アユタ姫からの身震いするほどの恐ろしい執着、ガンリュウさんから聞かされた恐ろしい真実。そして、生き別れとなっていた姉であるリュイラン・アズマと会えた。

ここに来るまで、本当に、本当にたくさんのことがありすぎた……頭が痛くなるほど、いろんなことが。

なので、いけないことだけど、ちょっとだけ、ちょっとだけでいいから、寝るための酒くらいは飲ませてほしい。

そう思いながら、ゆっくりと酒で口を湿らせる僕だった。

「よく考えたらまだ仕事があんだよ！　眠ってる場合じゃねぇ！」

「あ」

忘れてた。

裏話　拳の侍女と白い霊人

自分ことウーティンは、鉄枷（てつかせ）を両手に嵌（は）められたままアユタ姫の私室に移され、軟禁されている。アユタ姫はどうやらアスデルシア……ではなく、リュイランの元へ話を聞きに行ったらしい。

ここに残された自分は、ひまつぶしに椅子に座ってローケィの監視をしている。両手に枷を嵌められているとはいえ、こんな研究一筋で戦場慣れしてないやつなら余裕で制圧できる。

……できる、のだが。それは相手が真っ当な人間である場合だけだ。

「くっそ、なんだこの縄、上手く魔力が練れない……！　もう少し、体を変えれば抜けられそうなのに、もどかしい……！　もう少しのところで、力が抜ける！」

だから、目の前で縄で縛られて簀巻（すま）きにされてる、この『人外（じんがい）』は無理ってこと、だ。

ローケィは今、縄から逃れようといろいろとしている。

関節を無視して腕を曲げ、限界を超えて首を曲げ、明らかに背骨の存在を無視した胴体の回転を行い、骨盤の形を忘れそうな動きをしている。

まるで体の各所に関節を10倍以上増やし、内臓なんてなくなったかのように、蛇のように四肢を動かすローケィを見て、吐き気を催してきた。

「……ぉぇ」

「おい！　そこのメイド！　吐きそうになってんじゃねぇ！　アタシ様を見て吐き気を見せるとか、失礼にもほどがあるだろ！」

「いや、そんな、の、当、然で、しょ……ぅぇ」

このぎこちない口調はいつものそれではなく、本当に吐き気を抑えるためのものだ。自分の様子を見てさらに激昂するローケィだった。

しかし、どうしたものか。ローケィの怒鳴り声をよそに考える。

なんだかんだで自分は任務を失敗した。姫さまの命令を果たせず、それどころか姫さまのお付きのメイドにして『耳』所属の密偵として、恥ずべき事態だと断言できる。

だからといって、現状の自分にできることはない。両手には枷が嵌められ、逃亡しようにも監視の目がある。

……正確に言うと、あの怪物から逃げられる気がしないだけ。

シュリの姉を自称する不審者こと怪物、アスデルシア。

自分で名乗るところによると、確かリュイラン・アズマといったか。

戦うところを見た。こっそりと、見た。

あれは、人の域を軽く超えた怪物だ。

クウガ、ヒリュウ、ミコト、リュウファ。この大陸における有数の達人が、四人がかりで傷一つ付けられなかった、人外。

どうしてみんな、あの怪物をシュリの姉だと認めることができるんだ。

自分から見ても異様な光景だ。シュリ本人すらリュイランを姉として認め、他のみんなもそのように扱っている。

まるで思考誘導されて、そうなってるような違和感があった。

さらにシュリの内側から現れた、スイリンと名乗る人格。

あのときスイリンは殺されかけて慌ててた。慌てるのはシュリの体だから、というのはなんとなくそうなんだろうと納得しかけてしまう。

でも、自分は見た。

スイリンは全身で、抵抗できない、待って、と弱者を装っていたけど、下半身……一歩引いた左足の荷重が、交差法を狙うそれだった。

仮にあそこで襲われたとしても、シュリの体であったとしても、ガンリュウと名乗ったあの女はスイリンの一撃で沈められていた想像しかできない。

なんでか？　スイリンは弱者を装う戦い方をしてるようにしか見えなかった。

戦いに関して熟知しているようだった。顔も、左足以外の全身も、弱者を装って機会を狙っていて、非常に効果的であることを知ってるような、あの、蒼色(あおいろ)の目。

　ゾッとする。シュリの内側に、身内に、あんなのがいるとは。

　自分は気になってローケィに聞いてみる。

「……ロー、ケィ」

「あ⁉　なんだ、クソ女」

「お前。その、体になっ、ても、スイリン、と、いうのを、殺せる、か？」

　ピタ、とローケィの体が止まる。拘束から逃れようとしていたのに、この質問をした途端に動きを止めた。しかも体が震えている。自分にはわかる。これは恐怖だ。

「お前、本気で言ってるのか？」

「……質問、な、だけ」

「無理に決まってるだろ……っ！　この体になって、よくわかった……！」

　ローケィの顔から、さっきまでの怒りと強気に満ちた表情が消えた。

　涙と恐怖でぐちゃぐちゃになって震える声で言った。

「あれは怪物だ、真の女神、人を滅ぼす神様だぞ……⁉　なんで当たり前のように母親だってみんな認めてんだ……⁉　シュリもシュリだ、あんな、あんなどうしようもないほど・・・・・・・・・・・・・・・にどうしようもなさすぎる奴の身内？」

　ローケィは溢(あふ)れる涙を止めることができないようだ。

「あり得ないだろ!!　あんな、あんなのが母親で、なんで、なんで平気なんだよ!?　他の奴らもどうして平気なんだよ!?　あ、アタシ様は、本当はゲロをぶちまけてでも逃げたかった!!　なんでみんなわかんねぇんだ!?　確かに外側はシュリだったさ!!　でも！」

「でも？」

「あの、あの蒼色の目……！　アタシ様にはわかる、あれは、ここにいるシュリとリュイランとリル以外の奴ら全員を、ただの、ただの……食い物としか見てねぇ！」

食い物。ローケィの言葉に、ようやく自分がリュイランとスイリンに抱いていた恐怖の正体を、ハッキリと言語化することができた。

自分の額から冷や汗が流れ、背中はびっしょりと汗で濡れている。

あれは捕食者だ。

一方的にこちらを狩り、気分次第でもてあそび、飽きたら食う。

完全に人間より上位の生き物。別種の生物。人間の皮を被った人外。

怖いのは、体はシュリで心だけの顕現だったはずだったのに、あの目だけでこちらを完全に格下と扱い、こっちに立場をわからせる強さがあることだ。

「だ、だからアタシ様はもう逃げたいんだよ!!　リュイランはまだどうにかできる!!　アタシ様なら、まだなんとかなるって思う！　でも、でも『アレ』はダメだ!!　ダメなんだよ!!　消えたって言ったって、それが本当なのかどうかすらわかんねぇ!!　あの怪物なら消えてもまだ復活するんじゃねぇのか!? アタシ様はだから!!」

「それがわかるのか。『成って』きてる証拠だな」

暴れるローケィの声の中に、別の誰かの声がスッと混じる。

思わず自分とローケィは扉の方を見た。扉の向こう、あいつがいるな。自分は立つ。

身構えて扉を睨(にら)みつけた。どう来る? あらゆる状況を頭の中で想定していた。

扉は開かなかった。扉の表面から白い腕が生える。音もなくヌルリ、と現れた腕を見て、ローケィの口から小さく悲鳴が上がった。

「ひ」

自分は扉を黙って見つめる。腕から肩、胴体と、どんどん現れる。

扉をすり抜けるようにして現れたのはミスエー。白い女だ。

「わかるだろうさ。久しぶりにあの方を見たが、シュリの体を借りてるだけで『いつも通り』だったからな。魔力もねぇ。竟光(きょうこう)もねぇ。だが『昔のあの方のまま』だからな」

扉を完全にすり抜け、ミスエーが部屋に侵入してくる。まるで幽霊みたいな現れ方をしたので、自分の心臓が強く鼓動を打っていた。怖すぎる、あまりにも怖すぎる。

身構えている自分と、恐怖で顔を引きつらせているローケィの二人を見て、ミスエーは鼻で笑った。

「はっ……なんというか、とっさに身構えても枷(かせ)を嵌(は)められている女と、口だけは強気な女の二人組か。ザコめ」

明らかに蔑むような目で、ミスエーは自分にずかずかと近づいてくる。

あと三歩、二歩、一歩、そこ！　自分は右足を軸に左でミスエーの右膝関節目掛けて蹴りを放つ。

攻撃する必要はないんじゃないかって？　そんなわけあるか。

こんな奴が間合いに入ってきたら、攻撃しないと何をされるかわからない!!

バキ、とミスエーの膝に下段蹴りが綺麗に入る。骨を砕き靱帯をぶち切る確かな感触が、足を伝ってきた。

が、すぐに異様な感触が足に伝わる。切ったはずの靱帯が、砕いたはずの骨が、逆回しのように治っていくような、気色の悪い感覚がある。

「良い蹴りだなぁ。もったいないが」

ふ、とミスエーの左手が消えるような速さで動いた。手に伝わる一瞬だけの鋭い衝撃。

バキャ、という音とともに、自分に嵌められていた枷が粉々に砕かれていた。両手が自由となった。両手が自由になったことを呆然と確認する自分。

ふわ、と足に風を感じた瞬間には、ミスエーの蹴りが自分の左膝に当たっていた。

攻撃する意図が全くない、触るだけの蹴り。

見えなかった。初動も、挙動も、途中過程も、何もかもが。

「も、もったい、ない、と、は、なんだ」

自分は震える声でミスエーに聞く。

「何を、言いたい？」

「素材は良いよ。認めるよ。方向性も間違ってないなぁ。ザコのくせに拳に部位鍛錬を施して、一挙動の質を高めてるってところか？　稽古内容だって、ちゃんと考えられてる。でもなぁ、まだ時間が足りない。部位鍛錬はすぐに効果が出るようなもんじゃない」

ミスエーが自分の拳に軽く触れる。

「効果が出るまでインチキはしとくこった。魔法とか装備とかじゃなくて、技でな」

ミスエーの言葉が終わったと同時に、自分の体が錐揉み回転していた。右回転で視界の焦点が定まらぬまま、背中から床に叩きつけられるっ。

凄い勢いで投げられたため、息ができないほどの痛みが全身に走ったっ。

「ヒュ……！　か、ハっ……！」

「手がかりはやっとくな。じゃ、用事はこっち」

ミスエーは自分の横を通り過ぎ、ローケィの近くに立つ。怯えた顔をしていたローケィだったが、すぐに怒りの表情を浮かべた。

「なんだお前、アタシ様を見下してんじゃねぇ」

「黙れこの石女がよぉ」

ぐしゃ、とローケィの顔面に下段踵蹴り(かかとげ)が突き刺さる。鼻が潰れ、唇と舌が裂けて血が溢(あふ)れ出す。

「あ、が」

「ったくよぉ、面倒くせぇことに適合者っていうか、まさか魔身(まみ)れ候補がいるとはよぉ。あのイカれ男の元で情報を集めてたのに、これで台無しだ。まさか、こんな近くに二人、目的の人間がいるとは思ってなかったぞクソが」

ぐしゃ、ともう一度ローケィの顔に踵を落としたミスエーは、冷たい声で続けた。

「ガンリュウがあそこにいるとは思わなかったしよ、リュウファの様子もおかしいままだったしよぉー。お前が魔法と魔工の両方を使えるとも思ってなかったしよー。魔身れとガンリュウ、二人の目標を発見できたのは僥倖(ぎょうこう)だなぁ～」

さらに二度、踵がローケィの顔面へ。ぐしゃ、ぐしゃ。

「そして、スイリン様の息子を見つけることができた。アズマという名前からまさかと思ったが本人だったとはな。これで、この世界にもう用はない」

三度。ぐちゃ、ぐちゃ、ぐしゃ。

「スイリン様はすぐにこの世界に降臨なさる。そうしたら、リルとリュイラン様と朱里を連れてさようならだ」

五度、ぐしゃ、ぐちゃ、ぐしゃ、ぐちゃ、ごきっ。

「その後で、この人類が滅びようが、魔身(まみ)れが滅びようが、この星が崩れて滅びようが、こっちは全く関係ない。どうせ、遠からずこの大陸も消えてなくなる」

ガンガンガンガンガンガンガンガンガンガンガンガンガンガンガン!!

「お前が、お前のような人間が、この大陸の人間どもが、やらかしやがって、忘れやがって、知恵のないサルどもめ、恩知らずのエサどもめ!!

サブラユ様がアルトゥーリアの地に眠る星崩鉱(せいほうこう)を!! 命懸けで封印してお前たちを守ろうとしたのに!! よりによって星崩鉱を魔晶石と名前を変えて採掘して使うとはな!! やっぱりリュイラン様がアルトゥーリアの王妃に質問したとき! 王妃が、あの女が、レヴァンティンが統一国家を作り魔身れどもへ反逆を起こすとほざいたとき! 流離(さすら)い人(びと)どもを集めて戦力にするとかぬかしたとき!! そしてぇ!! よりにもよってぇ!

星崩鉱を凝縮精錬することによって、魔身れじゃない人間さえも魔身れの如き力を得られる、全ての人間を強制的に進化させる『終末の鏃(やじり)』の試作品を見せてきた時!!

レヴァンティンだけじゃなくて、アルトゥーリアそのものを滅ぼすべきだったんだ!!

人間を殺し、国家というものが維持できないほどに間引けば良かったんだ!!

『神殿』が人間を管理するのに最適な人数まで減らせば良かった!!

リュイラン様が、レヴァンティンをその手で殺したときのように、簡単にやってしまえば良かったんだ!!

よりによって、あの、あのスイリン様でさえもが!!　あまりの危険性から研究そのものを破棄して『終末の鏃』の製法も名前も全て歴史から抹消したのに!!　ヴァルヴァと繋(つな)がってあいつらが残した歴史書から再現しやがった!!」

ズガンっ!

「信長はもう止まらない。お前のような人間によってサブラユ様を、恋人を殺されたあの男は止まらない。弱虫だが誰かを守るための嘘(うそ)つきの皮を被(かぶ)った少年の心を壊したのは、お前のような人間たちだ。お前たち人間は守るに値しない。だからウィゲユも同調した。よりによってサブラユ様の遺体を媒介とし、さらに何百人もの人間を犠牲にして魔卑(まひ)の魔法を、命を使ってこの大陸にあんなものを作ってまで引きこもることを決めた醜悪なお前らを殺し続けるために、信長は止まらない。人間全てを支配して、大陸の外に出て、お前たちもろとも敵と戦い死ぬために、信長は生きている。

レヴァンティンが死に際に残した『終末の鏃』を誰かが完成させて強制的に進化させられて人として死ぬか、信長に支配されて魔身(まみ)れどもと戦わされて死ぬか、いずれ来る魔身れどもに支配されて死ぬか。それがお前たち人間の末路だ。わたくしたちにはもう関係ない。

ネギシとアサギ、ミコトにも先祖返りの兆候が現れ始めている。いずれ、魔身れどもの進化が、普通に次世代に受け継がれる時代が来る。そのときまで戦争を続けてるだろうお前らは、どのみち自分たちで自分たちを滅ぼすだろうがよぉ！」

最後の最後、ローケィの顔面を外れたミスエーの踵蹴りが床をぶち抜く。床にめり込んだ足を見て、下手したらこの部屋の床に大きな穴が開いていたと思うと、自分の背筋にゾッとするものが走った。

というか、ここって砦の最上階だぞ。その床を踏み抜いたら、この部屋が崩れるんだぞ、と言いたいが、言えない。

ミスエーの横顔を見て、自分では何を言っても無駄だと悟るしかないんだ。

怒りに染まったミスエーの顔が、真っ白な髪と真っ白な肌に似合わぬほどに、真っ赤に染め上げられていたから。

荒い息を吐きながらミスエーはローケィを睨み続ける。ちら、と見えるローケィの顔は……筆舌に尽くしがたいほどに悲惨なことになっていた。まるで、ここで拷問が行われたかのような凄惨な状況に。

だが、ミスエーの足に隠れて見えにくい状況であるものの、あっという間に端から修復されていた。あれだけの重傷だ、普通に後遺症や痕が残りそうだけど、一気に治って無傷のままになりそうだ。

……逆に言えば、まだ『成り』かけているローケィですら、あの回復力。いや、もう再生力と言ってもいいかもしれない。それが通常の人間とはかけ離れている。

もしローケィを殺そうと本気で考えるなら、回復させる隙もないほどの火力で一気に殺すしかない。人間なら致命傷となるはずの傷ですら、彼女を殺せない。

一瞬で首を折り……ダメだな、頸椎を折って神経を破壊してもおそらく殺せない。

首を切るとか、心臓を抜き出して破壊するとか、もう人道的配慮を無視しないとダメだ。

殺害方法を考えていると、ミスエーがぐるりとこちらへと体ごと振り向く。びく、と驚いていると、ミスエーがこっちに近づいてきた。

「何してんだよさっさと逃げろ」

「……は？」

え、え、いきなりなんだ？　なに、なんなの？

ミスエーは自分の手を指さして、

「ほら、枷が壊れてんじゃん。他の勢力も帰る準備をしてるところだし、今頃ガングレイブも酒を飲んでるところだろ。逃げるには、うってつけだぞ？」

と、言った。

自分は手元を見て、数秒だけ考えてから理解する。現状の自分は手枷が外れ、自由な状態。

監視をするはずの人物たちは全員出払っていていない。この場にいるミスエーも自分と戦うつもりはなさそうだし、ローケィは……まだ動けないようだ。

問題はない。

確かに問題はない。

自分は踵を返して、この部屋から出ようとした。

「ま、出た瞬間にシュリとの関係は完全に途切れるだろうが」

自分の動きが止まる。止まるつもりはなかったはずなのに、部屋の扉に手を掛けようとしてた指が、ピタリと止まって動かなくなってしまった。

どうした、自分、とっととここから出て行けばいいんだ。それでいい。間違いはない。

「……っ」

もう一度指を動かそうとして、なんとか扉に手を掛ける。指を、腕を動かして扉を開いて、ここから出て行こうとする。間違いは、ない。

「シュリへの恋心を主のために諦めて捨ててまで誘拐しようとして失敗した挙げ句、その男は別の女と結ばれる」

自分の左肩から腕を回される。

「自身の献身も、思いも、何もかも無駄なまま。それどころか完全に嫌われて、縁を切られ、二度と会いたくないと思われるかも？　とかか？　ん？」

睨むように視線を左へ走らせると、醜悪な笑みを浮かべたミスエーの顔がすぐそこにあった。からかい、嘲笑して、苦しむ自分を見て愉悦に浸る性悪の顔。

「情けない女だなぁ」

にま、とミスエーの口の端が持ち上がる。

「好きな男の一人も、射止められないか？」

自分の左手の裏拳がミスエーの鼻にぶち当たる。肘を返すようにして放たれた手打ち。手には、確かに命中した感触があった。だが、ミスエーは平気な顔で自分の左拳を握る。振りほどけない。

自分の拳がミスエーの手から逃れる。

「泥棒猫を殴って黙らせてでも好いた男を奪おうと思わねぇって？　それとも」

そっちに気を取られていると、ミスエーが自分の肩に回した手を、自分の胸へと動かしてきた。鷲掴みにされる形で胸を触られている。

「このなかなか綺麗な双丘で、あのチビから女の魅力で寝取ろうともしないのか？」

カッ、と自分の頭に血が上る。女の魅力で寝取る？　シュリを？　リルから？

「お？」

自分の胸を揉むミスエーの腕を掴み、体ごと腰を入れて回し、ミスエーの体を背中に乗せる。

そのまま回転の力を利用し、ミスエーを背負い投げる。床に叩きつけた。べしゃ、と鈍い音が鳴る。

「おぅおっ？」

ミスエーの顔に戸惑いが見えたが、構わず自分は足を上げた。

こいつの、こいつの顔面に踵蹴(かかとげ)りを、ローケィにやってたようにっ。

「下着、見えるぞ。なかなか可愛いもんを着けてるな。シュリのためかぁ？」

ミスエーに言われ、思わず自分はメイド服の裾(すそ)を押さえながら下がる。

しまった、攻撃の機会としてこれ以上なかったのに。ミスエーの言葉に心を乱された！

ミスエーは倒れたまま、くっくっくっと笑い出した。

「いやぁ、やっぱりな」

立ち上がろうと上半身を起こした。

「スイリン様のときもそうだった。わたくしにとっての完璧な姫様だったスイリン様が、グリィンベルバル様が、各国の族王たちの前で蒼一郎と一騎打ちで決闘した際に、初っぱなで一刀のもとに首を切り落とされて恋をしてから、お前と同じようになった」

すっくと立ち、ミスエーは続ける。こちらへ振り向こうとしないままだ。

だからミスエーがどういう顔をしているのかわからない。けど、肩が震えてる。

「身なりに気を遣うようになったし、自分がどう見られるかとか、蒼一郎がグリィンベルバル様をどう思ってるのか、気にするようになった。所作も蒼一郎にとって可愛く見えてるか気にしてたし、無頓着だった下着とかに気を払うようになった」

くるり、とミスエーが振り返る。

「わたくしはリルより、お前の方が朱里に会うと思ってんだよな。蒼一郎の生き写しみてぇなあいつと一緒にいられれんのは、お前みてぇに素で心も体も強くて家事ができる奴だ」

残念そうな表情を浮かべたミスエーの言葉を聞いて、自分の中での警戒度は上がる。

こいつは、何が言いたい？　自分の方がシュリに相応しい？　何をバカな、そうだったら、本当にそうだったら、今頃、自分はっ。

「ふざ、けたことを、言うな！」

「なんでだよ」

「そう、なら、本当に、そうな、ら、いま、今頃、シュリの隣に、いた、のは、じ、自分、だ、だったから！　でも、そうじゃないなら、そうじゃ、ないな、ら、もう、そうならなかったから!!　な、ぐさめなんて、いら、ない」

「だからリルをぶちのめしてでも、シュリに夜這いをかけてでも寝取れっつってんじゃん」

「できるかそんなこと!!」

なんで今頃そんなことを言うんだよ。こんな慰め方されたって、困るだけだろ。

悔しい。あまりにも悔しくて自分は泣いていた。

考えたことがないといったら嘘になる。リルよりも自分の方が女としての魅力はある。背丈も、体つきだって良いはずだ。性格だって良いはずだ。

料理はそこそこだが、姫さま付きで一応メイドとして働いているから、家事だってできる。掃除もできる。洗濯もできる。

今まで男に興味がなく、自分にとっての世界がテビス姫さまだけだった中で、初めて想いを寄せた男性。

隣にいることができたら幸せだろう。家庭を持てれば幸せだっただろう。

シュリは、自分がどこにいたって見つけてくれる人だから。

見つけてくれる人に心惹かれて、一緒にいれば、どこにいたって自分を見つけて駆け寄ってくれるって。

けど、ない。もう、そんなものは。

「そんな、未来は、も、うないって、わかって、わか、てる、から、あきらめ、るから。だか、ら、も、もう、やめろ」

涙が止まらない。失恋の現実をこんな形で改めて叩きつけられるとは。

涙が止まらない。悲しさと怒りで胸がいっぱいだ。

涙が止まらない。けど、目の前のこいつはぶん殴らないと気が済まない。

涙が止まる。こいつをぶん殴って、ついでにシュリもっ。

「よっしゃ、そこまでだ。いい精神構造してる。ミスエーポイントを10点やろう。おめでとう、お前はわたくしにとって人間になったぞ」

ミスエーはニカッと笑った。呆気に取られて自分の動きが止まる。

何を言えばいいのかわからなくなってる自分に、ミスエーは真顔で言った。

「失恋した。ちゃんと受け止めたな」

ズキ、と胸が痛むが、頷いて答える。

「……お前も見ただろ。スイリン様とガンリュウの確執みてぇなもん」

これも頷いて答える。

「ひでぇもんさ。元々、二人は種族を超えた親友だった。先に蒼一郎を見初めたのはスイリン様だったが、蒼一郎が追放された先で出会ったのがガンリュウだった」

「?」

なんか重要な情報が出てきた気がするが、ミスエーは続ける。

「義姉弟のガンリュウとリュウファと、蒼一郎は気の合う親友となった。三人でつらい鉱山生活を乗り切り、友情を抱いてたんだろな。でも、ガンリュウは恋心を抱いちまった」

「……さん、かく、かんけい？」

「いや、最初から蒼一郎とスイリン様は心を通い合わせてたから、ガンリュウのは完全に横恋慕だな。でも、あいつは諦めなかった」

吐き捨てるように言った。

「諦めなかったから、あの悲劇は起きた」

「悲劇？」

「いや、今はお前には関係ない。関係あるのはこっち」

ミスエーはこっちにズカズカと近寄ってくる。

自分の肩を軽く握ったミスエーは、優しい顔で言った。

「お前を選ばなかった男はお前の魅力に気づけなかった程度の男だ。泣いて泣いてさっぱりしたら、次のいい男を探せ。それができる女が強い。お前にはできる」

……え。なに。

「え」

「失恋を引きずるとな、男も女もダメになるもんだ。いつだったっけ、蒼一郎が言ってたな……男は失恋の思い出を胸にしまい、女は失恋の記憶を箱に詰めて物置に投げてる、だったか？　お前もそんなもんでいい」

「ええ……」

この状況になってようやく気づいた。というか、なんで気づかなかったんだ。

ミスエーは、確実に、自分を気遣って失恋の悲しみを慰めようとしている!!

明らかな挑発も怒りを引き出させるためで、自分の攻撃を防がずに受けたのは八つ当たりを受け止めるためで、今のこの話は次に行くための助言、とか？

ミスエーが、自分に、なんで、そんなことを？

あまりの状況の変化に、自分は混乱したまま口を開いた。

「な、なんで、自分に、その話、を？」

「あ、あー……まぁ……さっきの通りだ」

「……スイリン、と、ガンリュウ、のこと？」

「そうだ。あの二人の決裂が、後になって尾を引いてるからな。もう失恋関連で大変なことになるところなんぞ、見たくねぇんだよ。わかったお前にはさらにミスエーポイントを」

「い、らな、い」

「剥奪だ！　失礼な奴め、コケて膝をすりむいてしまえ!!」

ズンズンと足音を鳴らしながら、自分よりも先にミスエーは廊下を出て、先にある階段を下りていった。

なんだったんだ、あれ？　本当になんだったんだ??　よくわかんない。

呆けたまま、ふと後ろを振り返る。ローケィの顔は、すっかり治って元通りになっていた。

あまりの自己治癒能力の高さと、先ほどの惨劇を思い浮かべて吐き気がする。普通の人間が、こんな短時間で顔面骨折だの裂傷だのが治るはずがない。

治ったローケィは心ここにあらずといった表情をしていたが、次第に笑みを浮かべ始めていた。

「ふへ、ふへへへへへへっ」

気味の悪い顔で笑い出すローケィ。

「そうか、アタシ様は天才を超えたんだな。この体と力で、今度こそ、今度こそリルを超えて、一番の魔工師になってやるよぉ……!! ふへへへへへへっ!」

狂ってる。ローケィは自分の変化に対して、歓喜の表情を浮かべていた。

普通だったら精神が壊れてしまうところを、受け入れた上で狂ってしまっていたんだ。

あんなもの、人間じゃない。人間じゃないが、見た目は完全に人間だ。

「さ、て」

自分は改めて、外れた鉄枷(てつかせ)を見つめる。手首に赤い痕が残っているが、これはそのうち消えるだろう。

でも、自分の中にあったシュリへの気持ちは永遠に届かず、いつか消えるだろうか。

失恋の痛みや悲しみは、生きていれば必ず遭遇するものだ。どんな形であれ、時期は人それぞれであれ、でも。

自分はたまたま今だった、というだけ。

悔しいなぁ。

「……さて」

自分は砦(とりで)の外を見る。

「帰る、か」

姫さまの元へ帰ろう。任務は失敗し、最悪の結果となった。シュリをニュービストに連れて行けなかったし、自分は捕まってしまったし、姫さまの心証も悪くなるだろう。

さらにリュイランがシュリたちに語った内容はわからない。ずっとここで拘束されていたから、聞きそびれてしまった。

わからないだらけで、目的は果たせなくて、密偵としてもメイドとしても失格だ。殺されても、文句は言えない。

けど、殺される前に姫さまに伝えておかないといけない。

ミスエー、アスデルシアことリュイラン、ローケィについて、そして……。

「……フル、ブニ、ルの母、親であるレヴァンティンは、かつて、魔晶石を、使って……『終末の鏃(やじり)』を、作ろ、うとした、こと。レヴァンティンを、殺したのが、リュイランであったこと」

これは重大な外交問題だ。戦争になっても文句は言えない、王族の身内を殺したなんて、誰だって許されることじゃない。

断片的なことしかわからない、穴だらけの情報ではあるが……伝えるだけの価値はある。

「行こう」

自分は窓に手を掛け、夜の闇の中へ飛び出す。地面は遥か下、普通は飛び降りたら死ぬだろう高さであっても、自分なら大丈夫。

着地の瞬間に体を転がしながら衝撃を逃がし、勢いのまま駆け出す。今の音で気づかれた可能性が高いが、捕まる前に逃げ切ってみせる。

「……願わくば」

ニュービストへ帰る夜の道の途上で祈る。

「この先、来るだろう大波に、姫さまと、ニュービストが生き残れ、ますように」

いずれ必ず来る。自分には、その確信がある。

絶対にミスエーやリュイラン、ローケィのような存在が、海の向こうからやってくるということを。

百十話　帰還と怒りと次なる仕事 〜シュリ〜

「では、これよりスーニティに向けて出発する！」

「ガングレイブが酒を飲んだせいで少し予定に遅れが生じましたが」

「アーリウス！　何か言ったようだが聞こえなかったぞ!?」

「もういいです」

次の日の朝。ダイダラ砦(とりで)の前に、スーニティ帰還組の全員が揃(そろ)いました。結局、ガングレイブさんが酒を飲んでちょっとほろ酔いになって眠気が出てしまったので、予定が大幅に遅れた。

ちなみに、酒を出した僕は後でアーリウスさんとオルトロスさんにギャンギャンに怒られた。今はおとなしく、何も発言せずに縮こまってます。反省してる。

ちなみにそんな僕の隣にいて、ずっと背中を軽くつねってるリルさんがいたりするんだ。下手なことをすれば、キュ……とちぎられそうで怖い。

「やっと帰れるんか。もう疲れたわ、ワイ……」

凄(すご)く眠そうに欠伸(あくび)をするクウガさんに同調するように、テグさんも眠そうに目をこすっている。

「全くっスよ。……もうオリトルの人たちも、グランエンドの人たちも、とうに出立してるっスもん」

テグさんの言う通り。実はダイダラ砦には僕たち以外の人はいなかったりする。ヒリュウさんとミトスさんはすでに夜の間に出発してるし、アユタ姫たちは僕たちが起きた頃に出発し始めてたし、ウーティンさんはいつの間にかいなくなってた。

というよりみんな、想像以上に疲労が溜まっている状態だと言っていい。はずだけど、はずなのだけど……おかしい、普段のみんなならこれくらいの寝不足や疲労なんて表に出してない。

今日に限って、疲れてる様子がこんなに表に出てるのは不思議です。

「カグヤさん、起きてますか？」

「起きております……ですが、これほどの眠気というのは久方ぶりかと」

カグヤさんに聞いてみても、眠そうだ。この人が眠そうというと、相当なことだぞ。このまま出発していいのだろうか……という不安がよぎる。エクレスさんたちも眠そうだし、できればもう少し休息を取ってから出立した方がいいような。

「とりあえず、わっちは先に偵察しながら進むぇ。みんなはゆっくり来るとえぇ」

その中で一人、普段と変わらないアサギさんが進行方向を親指で示す。

ガングレイブさんは頭を振ってから言った。

「ああ、頼む。さすがにこのまま、来たときと同じ感覚で進むとマズい」

「そうやろ。酒を飲むからこうなるんやぇなぁシュリとガングレイブ!!」

「「はいっ。すみませんでした!」」

綺麗にハモる形で反省する僕とガングレイブさん。全く同じタイミングで頭を下げる始末だ。

だよねぇ。帰る支度をしているときに、リーダーが一人で酒を飲んで効率を下げてたら、怒られるよねぇ。

僕のせいだよ。

「ぷっ……じゃあ、わっちは先に行きんす。みんなも付いてくるとえぇ」

アサギさんはスーニティに帰る馬車に向かって走り出す。いつもの格好と鉄下駄で、なんであそこまで速く走れるのか理解できない。

普段から蹴り技を使ってる影響で、足腰が鍛えられてるからだろうか。

「速い……」

「アサギは、シュリがいなくなってからこっそりと鍛錬をしてた」

リルさんが、アサギさんが走った方向を見つめたまま言った。

「あのとき、一緒にいて助けられなかった後悔を抱えてたから、シュリを助けるために頑張ってた。だから、前よりも足が速い」

「……そう、だったんですか」

なんか、胸が熱くなってくる。思わず服の胸元を右手で強く握りしめる。

僕がいなくなった影響で、残された人たちは罪悪感に押しつぶされそうになるほど悩んでたんだろうか。

あれはもう、災害に巻き込まれたようなもんです。みんながみんな、一生懸命に僕を守ろうとしてくれた。その事実だけで十分だというのに。

みんなが僕を助けるために頑張ってくれたという事実だけで、もう胸がいっぱいです。

僕の居場所はここだ。ここにいたい。ずっと。こうして思ってくれるみんなと一緒に。

「ところでシュリ」

「なんでしょうか」

「引き締まったアサギの足を見て鼻の下を伸ばすのは良くない」

「僕に対する信頼のなさはどういうことなん？」

ちょっと待て、さっきまでしんみりとシリアスな空気だったろうが。それがどうしてアサギさんの足を見る話になる。

リルさんは頬を膨らませて、僕をつねる手に力を込めていた。

「だって、リルは細いし。男って、ああいうのが好みなんでしょ」

……ぷっ。

「え？　嫉妬？　嫉妬してるの？　僕の目がアサギさんの足に向かうと嫉妬してくれるのリルさん？　えーまいったなぁモテる男はつらぁぁあああぁぁあああ!?」

「そこ！　イチャついてないでさっさと行くわよ!!」

待ってオルトロスさん！　助けて、みんなも呆れた目で僕を見てから置いていくのやめて！　エクレスさんはリルさんに怒りの目を向けてから置いていくのやめて！

リルさんにつねられてるから！　背中の肉がちぎり取られそうなくらいつねられてるから！　助けて！

激痛に悶えてると、唐突にリルさんが手を離した。痛みは消えたが、涙目でリルさんを見たら、まるで真っ黒な闇のような無感情の瞳を僕に向けている。

「シュリ」

「あ、はい」

「次、それを言ったら分けちゃうからね」

「え」

「分けて瓶に詰めて棚に飾ってあげる」

「なにが、いえ何でもありません……ひぇ」

あかん、これ以上突っ込んだら、確実に飾られてしまう。分けるのがどういうことなのか飾られるってどういうことなのか理解できないけど、というか理解したくない。

本気でヤる気だ……この目は……!!

反省しながら周りを見ると、完全に置いて行かれた形になっていることに気づきました。

同時に、あることに気づく。

「あれ？　そういえば姉さんたちは？」

そうだ。姉さんとミスエーさんの姿が見えない。今朝は確かに砦にいたのはわかってる。それどころか朝の挨拶もした。おはよう、と。

出発の直前でもいたのは知ってる。こっちを微笑ましそうに眺めて観察してたのも見た。

こっちに手を振っていたから、手を振り返した。

なのに、気づいたら姉さんとミスエーさんがいない。二人とも、忽然と消えた。

「……いつの間に」

「……こっそりと帰ったのかな」

少し寂しい気分になりながら呟く。

遠い異世界の地で、初めて出会えた家族。懐かしい気持ちになるような、一緒にいたいと思えるような安心感がありました。

リルさんが口を開く。

「いや、おそらくは転移魔法か、それに似た何か」

「へぁ？」

予想外の答えを聞いて、マヌケな声が出てしまった。

「転移魔法？　でもあれって」

「シュリのお母さん、いや、お義母さんしか使えないのはわかってる」

その言い直しにはツッコまねぇぞ。

「じゃあ、なんだろう」

「……昨晩クウガから聞いた。リュイランは戦闘の最中に空から来たと」

「……浮遊魔法か、飛行魔法？」

「似たものだと思う。空を飛んでいくなら地形の影響は受けないし、直線距離で進めるから目的地に着く早さからして圧倒的にあっちの方に利がある。気づかれずに、いや、本人にとっては当たり前のように、空を飛んでいったのかも」

リルさんの説明を聞いて、空を見上げてみる。今日は晴天、ポツポツと雲がある程度の良い天気。風も穏やかな今日なら確かに、上空を飛んでも気候の影響は受けにくいかも。

それにしたって、気配も音も何もなかったのは不思議な話です。

「いつの間に……」

「あと、本人は姿を消せるのかも。誰にも見えないように透明？　みたいな感じに。音も消せると考えた方がいいかも。……推測ばかりだけど、こう考えないと説明がつかない」

確かに、リルさんの話は推測ばかりだ。確証はないし、証拠としたら空を飛んで来たことだけだ。後のことは蛇足と思われる。

でも、だ。

あの人ならできるかもしれない。姉さんは理解を超えた生き物だ、何ができるのかと考えたら、大体のことはできると考えた方がいい。

改めて怖いと考えつつも、心強くもある。少なくとも、敵対することはない。

いや、この考えはダメだ。姉さんは、家族だ。守るもんだ。

姉さんは僕を守ってくれるだろうし、僕が姉さんを守れるならば守らないといけない。

「姉さんに別れの挨拶ができなかったのは残念だけど……また会えるか」

「絶対に、ぜぇったいに、ぜっっっったいにシュリに会いに来るから、また会える」

「そ、そうか。なら、僕たちも帰ろうか。置いて行かれちゃうし」

僕とリルさんは、急いでガングレイブさんの乗る馬車を追うように走り出す。

なんとなく、後ろをちらりと見た。

ダイダラ砦（とりで）。

結構長い期間過ごした、アユタ姫たちとの思い出の場所。

そして、誘拐されて連れられてきた苦い場所。

その砦が、ところどころ破壊されていて痛々しい姿を晒している。

ここに来ることは、多分もう二度とない。できれば二度と来たくはない。

来たくはないけども、胸をよぎる一抹の寂しさ。

「お世話になりました」

砦に向かって会釈して、リルさんの後を追う。


数週間後。

アサギさんの偵察と、旅の中で徐々に元気を取り戻していったみんなのおかげで、無事にスーニティまで戻ってくることができました。

道中では特に、これといって大きな事件は起こっていない。

なんか事件や事故でも起こるかなと思ったけど、特にそういうこともなかった。実に穏やかな旅である。いつもこうなら嬉しい。

穏やかな旅の終わりに、リユウファさんに誘拐されたからこその感想である。けっ。

僕は街に足を踏み入れて、呟いた。

「……なんか、寂れてる？」

僕の呟きにガングレイブさんをはじめ、全員が肩を震わせた。

こいつら、まさか……。嫌な予感がしたので、スーニティの城の方を見る。なんか、嫌な雰囲気が漂ってるな。

あと街並みを見ても、通りを行く人の顔が微妙に暗い。明るい人もいるけど、例えるなら、ここを出る前と後だと明るさ設定が一つだけ暗い方向になってるみたいな。

「さぁて、厨房はどうなってるだろうなぁ。ガーンさんとアドラさんは、きっときちんと料理人たちに引き継ぎをしてから、僕を助けに来てくれたんだろうなぁ」

わざとらしいことを言いながら、少し早足で城へと向かう僕。

「ガングレイブさんたちが来てくれたということは、ちゃんと政務の引き継ぎとか終わってるんだろうなぁ」

さらに続けてわざとらしく言ってみる。

「エクレスさんとギングスさんがここにいるってことは、ちゃんと貴族派を抑える対策をしてから来たんだろうなぁ」

とどめに、一つ。

「僕がいないだけでお仕事がガタガタになるなんてこと、ないよね？」

怒りを含んだ顔と声で振り向く。全員が僕に返事をしない。

「リルはちゃんとしてました!!」

訂正。リルさん以外は返事をしない。

「……とりあえず、皆さん？」

にっこりと笑って言った。

「城へ行きましょうか」

みんなと一緒に城に入ってみると、凄かった。

すっごく、酷かった。

なんというか、雰囲気が酷かった。

廊下を歩く文官、武官の人たちの表情が、硬い。滅茶苦茶硬い。緊張してるとかじゃなくて、不満や不安を抑え込んでる顔だ。耐えるだけ耐えた不満や不安が、表情に見える状態。正直ヤバい。負の感情が蓄積してる証拠だ。

仕方がないので、大きく息を吸った。

「みなさーん!!」

僕の呼び声に、なんだなんだとこちらを振り向く。

途端に、みんなの表情が固まった。信じられないものを見るような目だ。

「ここにいるってどういうことみたいな信じられないような顔をする皆様、お久しぶりです！　生きてると思ってなかったでしょうが不肖シュリ、戻って参りました!!」

ズンズンと進み、困惑して固まっている人たちの前に立ち、恭しく頭を下げました。

「皆様再び、よろしくお願いします！」

ここまで挨拶してようやく、僕が生きて戻ってきたこと、無事であったことがわかったらしい全員が、声を上げ始めた。

「い、生きてる」

「生きて帰ってきた？」

「本当か、本当に帰ってきたのか！」

「良かったなぁ、無事で良かったなぁ！」

次第に歓迎の声が大きくなり、気づけば僕の周りを文官武官の人たちが囲んできていた。肩や背中を叩きながら、喜びの感情が完全に表に出てきてる。

あぁ、帰ってきたのか僕は……これほど歓迎されるとは思ってなかった……出て行く前と今とでは、温かさが違う……。

空気が熱狂してきたので、僕はスッと手を掲げてみる。自然とフロアの声が静まったのにはちょっとびっくりしたけど、ちょうどいいから続けよう。

「えと、僕がいない間に何がありました？　街の雰囲気が暗いし、城の雰囲気もちょっと悪いみたいですが……」

僕が質問すると、文官と武官のみんなが僕の後ろを睨みはじめる。

どうした、と思って振り向くとそこにはみんなが……。

……こいつら、やらかしやがったな。

「詳しく聞きましょう。この場でぶちまけてください。大丈夫、ここには僕がいます。無事に帰ってきた僕がいる以上、彼ら彼女らには文句は言わせません」

「え、いや、でも……」

さすがに責任者の前で不満をぶちまけるのは憚られたのか、みんな押し黙ってしまいました。

ちっ。このままだとみんなが何をやらかしていたのかを聞けない……そうだ！

「皆さん、実は驚きの事実が発覚しました」

「なに？」

「実は僕は、『神殿』にて聖人と崇められるリュイラ……じゃなくてアスデルシアの家族だったのです」

「その嘘はあまりに不敬では!?」

当然だよな。驚愕と怒りと不安で、武官と文官の人たちが叫ぶのは当然だ。

だが、僕は穏やかな声で続けた。

「こんな嘘みたいな不敬、真っ当な神経をしてたら言うわけないでしょう？」

「あなたは真っ当な神経をしてな……いえ、なんでもないです」

「ちょっと待て！　お前、何を言おうとした!?」

すっごくド失礼なことを言われた気がするぞ!!

「ごほん!!　なんなら証拠をお見せしましょうか」

「しょ、証拠……!?」

僕は建物の外に出る。仲間たちの横を通り過ぎ、青い空を振り仰いだ。目を閉じて思いっきり息を吸って、準備を整える。

「お姉ちゃあああああん!!　ちょっと助けてほしいことがあるんだけどぉおぉお!!」

空に向かって思いっきり叫んでみた。道行く人も、城にいた人たちも、それどころかリルさんたちも全員が僕の所業に対して遠巻きにしている。

一秒、二秒、三秒……二十秒、四十秒……。

一分超えても、姉さんは来なかった。

「……」

い、痛い。みんなの視線が痛い。とうとう狂ったかこいつ、と言わんばかりの目だ。街の人たちまで僕から遠くに離れようと、足早に去って行く。

「おかあさん。あのひとなにしてるの？」

「し、ダメよ！　見ちゃダメ！　関わっちゃダメよ！」

お母さんは、幼い女の子を慌てて抱き上げた。そしてそのまま僕を睨んでから走り去っていく。

僕は目を閉じ、両手を下ろした。空を見て、目から一筋、涙を流した。

深呼吸をして、精神を整える。踵(きびす)を返して城の中に戻った。

そして、文官と武官の人たちの前に立つ。

深々と頭を下げて、

「すみません。お姉ちゃんは来ませんでした」

「あ、うん。大変だったな」

完全に同情されている。場の空気は最悪である。どうしようもないほどに冷え切っている。

そこにガングレイブさんが、僕の肩をポンと叩(たた)いて横に立った。

「シュリ、すまなかった。自分で傷を負うような真似をしてるのに、俺たちは不始末を隠そうとした」

「え」

「すまなかった……本当に。お前の、ケジメを付けなきゃいけないって気持ちは、よく伝わったからよ」

ち、違うぞ。そういう意味でやったわけじゃないぞ。何かを言おうと僕は口を開くが、何を言えばいいのかわからず、魚のようにパクパクすることしかできない。

さらに僕の逆鱗に、エクレスさんが立った。首を横に振りながら、悲痛な顔で言う。

「ゴメンね、シュリくん！　ボク、シュリくんがいないことで気分が落ち込んで、職務放棄してたんだ！　それまでの貴族派対策も投げ出してた！　本当にごめん！」

「あ、うん。ダメだよ、そんなこと」

「本当にダメだよね！　ごめんね！　みんなもゴメン！　職務放棄してた分、信頼はなくなってるかもしれないけど……もう一度信頼を取り戻せるように頑張るよ！」

「はい、エクレス様！　早速ですが、こちらの書類の決裁や検討をお願いします」

「わかったよ！　ギングス、一緒に行こう！」

　エクレスさんの呼びかけに、目に涙を溜めていたギングスさんがそれを拭って、真剣な顔で頷く。

「ああ、分かったぜ姉貴！　すまねぇシュリ！　おれ、俺様は、力が及ばなかった！　姉貴が閉じこもっちまっても頑張ってたんだけどよ、ダメだった！　これからは一人でも立派にやれるように頑張るからよ！　行くぜ、みんな！」

　こうしてエクレスさんとギングスさんは、文官と武官のみんなを連れて、城の奥へと行きましたとさ。え、何コレ。

「シュリ、すまんかったっス」

　今度はテグさんが呼びかけてきた。何事かと思えば、テグさんが頭を深々と下げているではないか。

　何事、と言う前にテグさんが顔を上げた。

「オイラ、シュリを取り戻すってことで、治安を維持する仕事をほぼ放り出してたっス！　全ての時間を修業に費やして……街のみんなのこと、ほっぽり出して……最低だったっス！　今からでも部下のケツを蹴り上げて頭下げて、街の安全を守るっス！」

「え、治安維持の部署が職務を投げ出したら大変なことになっ」

全部の言葉を言い切る前にテグさんは走り去ってしまった。困った、怒るタイミングを失ってしまったぞ。

まて、待てよ。この調子だと。

「まさか」

「すまんかったえ、シュリ」

アサギさんあなたもか。本当に申し訳なさそうに、煙管(きせる)をイジりながら視線を泳がせている。

これ、アサギさんでも心から悪いと思っていて、バツが悪いから僕と視線を合わせられない状態になってるんだ！

「わっちも……その……シュリがいなくなったから、頑張ってて……情報収集、怠ってやえ……馴染(なじ)みの店とかまた回って、縁を繋(つな)ぎ直してくるでありんす……すまんかったえ」

トボトボとアサギさんは街の方へと去って行く。あんな哀愁漂うアサギさんの背中、初めて見るかもしれねぇ。

今度はオルトロスさんが僕の前に立ち……なんと土下座をした。巨体が目の前で消えたと思ったら、地面に額をこすりつけて土下座してるの超怖い。やめて！

「本当に申し訳なかったわシュリ！　本当ならアタイが、アタイがみんなのケツをひっぱたいてでも活を入れるべきだったのよ！　本当に悪いのはアタイなのよおぉぉお！」

怖い。目の前で巨体のオネェが土下座しながら大粒の涙をこぼし、おいおいと大声を上げながら泣き叫ぶ姿は怖い。

どうしよう、慰めた方がいいかな。僕は土下座するオルトロスさんに手を伸ばした。肩に手を置いて「大丈夫ですよ」と声を掛けようとした。

なのに、オルトロスさんは顔を上げて僕の手を両手で握った。優しい握り方だった。怖い。

「でも、アタイも反省したわ！　心から反省した！　アタイ、アタイは、シュリからもらった言葉を二度と忘れない！　アタイにしかできないことをやるわ！　じゃ、アタイはこれから罪人の首を刎ねに行ってくるから！」

「いや、待った、それは裁判を経てちゃんと」

「罪人に対する処刑命令や科すべき刑罰の書類が来てもほったらかしにしてたのよ！　それを一気に消化してくるわ！」

地獄絵図。オルトロスさんも職場に向かってダッシュ。巨体が決意を新たに罪人に刑罰を科しに行く姿を見るのは、なんか嫌だなぁ。

「……」

「ええ、そうですね。シュリ。ワタクシは最低なことをしておりました」

カグヤさんもまた、反省している様子。

どうせ本のことだろ、と言いかけたが……様子を見るに、本当に最低なことをしていた可能性を考える。

「……治療に手を抜いたと？」

「抜いては、おりませぬ。集中力が欠けていたことは、認めます」

ああ、それはダメだ。本当にダメなことだ。医療関係者として、患者と向き合うときに集中力を欠いていたなんて……決して、断じて、やっちゃダメなことです。

僕はカグヤさんに向き直った。

「戒めとして、これから頑張ってください」

「はい。二度とこのようなことがないことを、ヤオヨロズの神に誓いまする」

カグヤさんは僕に一礼してから、踵(きびす)を返して歩き出す。職場や自分が担当する患者のところに戻るのだろう。

あのカグヤさんですら、僕がいなくなったことで集中力を欠いて、医療行為に支障が出たほどだったのか。

僕の存在がそれほど大きかったのだろうか。

正直、嬉しいと思うところはある。でも、これはダメだ。みんなの様子を見て、ダメだと悟る。

みんな、戦場で傭兵として戦ってきたんだ。仲間が死ぬなんて日常茶飯事だったはずだ。なのに、ここにきて僕の命一つのために明らかに動揺してた。

国政を、医療を、法務を、治安を司る人たちが、仲間が一人いなくなった程度で自分の職務を放棄して落ち込むなんて、やっちゃダメだ。

そして、これらを本気で諌めないといけないのが。ここにいる人ってことだ。

「ガングレイブさん」

「あぁ」

「あれは、よろしくない」

「わかってる。俺も……いや、俺が一番悪かった」

僕がガングレイブさんに指摘すると、ガングレイブさんは顔を伏せて落ち込む。

「お前がいなくなって、みんなバラバラになっていって……なんとかしようと新しいことをしようとしても上手くいかなくて……本当なら、俺があいつらをぶん殴ってでも仕事をさせるべきだったんだ。俺が、一番上なんだから」

「待ってください、それなら私にも非はあります！」

落ち込むガングレイブさんに、慌てた様子でアーリウスさんが寄り添う。

「ガングレイブが落ち込んだとき、悩んだとき、私はいつも傍にいました！　ガングレイブを支えるべきときに支えきれなかった私が」

「いえ、アーリウスさんの問題は、そうやってガングレイブさんを庇うことです」

僕の指摘に、アーリウスさんはショックを受けた顔で僕を見た。

ああ、そうだ。一番の問題はその顔だ、その態度だ、その接し方だぞアーリウスさん。

僕は目を細め、極力感情を消して言った。

「そうやって反省すべきところで、ガングレイブさんが抱えるべきところで、あなたが過保護に庇おうとするから、ガングレイブさんは最悪の失敗を避けるための方策が取れなかった」

「そ、んなことは」

「アーリウスさんが庇う限り、ガングレイブさんは『これはまだ最悪じゃない』と心の隅で甘えが出てしまう。惚れた弱みで甘えさせる」

アーリウスさんの失敗を言うならば、これだけだ。

今回、ガングレイブさんは致命的な失敗をしている、最悪の失敗を犯してる。

僕という存在を、重く置きすぎた結果がコレだ。各部署で職務が滞り、何人かが職務放棄を犯し、医療従事者が患者に向き合い切れてないなんていう事態が起こっている。

こんなもの、普通なら一発で暴動が起きて亡国となっててもおかしくない。今回は運が良かっただけだ。

　避けないといけないことだった。

「アーリウスさん。あなたは、結婚できたことで人生が完結してしまってます」

「な、に、を？」

「ガングレイブさんと盛大な結婚式を挙げ、皆に祝福され、多くの来賓も迎えて幸せだったでしょう。そこで、あなたの人生が完結した。目的を達して、その後日談として今は甘い甘い毎日を過ごしている」

　図星、だったんだろうな。アーリウスさんの顔に、明らかな動揺が浮かんだ。

　これが本当にエピローグで済めばいい。全てのエピソードが終わり、エンディングを迎え、エピローグの最中にあるのなら、僕は止めない。

　だけど、今はまだチェックポイントにすら到達していない。ターニングポイントは過ぎたかもしれないけど、どのみちゴールまではまだまだ遠い。

　なのに、だ。アーリウスさんの振る舞いは目に余る！

「まだ早いんだよ!!　今回、僕はたまたま生きて戻れただけだ！　運が良かっただけだ！　これで僕が死んで、ガングレイブさんが落ち込んで全ての職務に支障が出ても、あなたはガングレイブさんを甘やかすのか!?　『あなたのせいではありません』『今は休めば良いのです』『なんとかなります』と？　その考えが一番甘い!!」

僕が次々に指摘していくと、アーリウスさんが顔を真っ赤にしていく。図星を指されて、正論ばかり叩きつけられてプライドをへし折られそうになって、怒りの感情が湧いてきてるんでしょう。

だが、アーリウスさんはなんだかんだいっても理性的な部分がある。

図星で正論だからこそ、下手な言い訳なんてみっともないし醜いし、意味がない。

アーリウスさんがそれを一番、わかってる。

「アーリウスさん。あなたが一番にガングレイブさんに諫言しなければならないんです。好きな相手と喧嘩して嫌われるのが怖いというときもあるでしょう。でも好きな人が間違っていたら、全力で止めてあげることこそ愛情ですよ。恋の時間は終わったんです」

恋の時間は終わった。僕がハッキリと告げた言葉に、アーリウスさんは顔を真っ赤から真っ青に変え、最後には落ち込んだ。

わかってる、本当はわかってる。僕が言ってることは詭弁だ、アーリウスさんに関して、本来はそこまで責め立てることじゃない。

恋をすると見境がなくなる人はいるし、新婚ともなれば浮かれるだろうし、恋する旦那には甘えたいし甘えてもらいたい。

アーリウスさんの幸せな「後日談」は、そのうち次回作へと移り変わり、現実を知り、形を変えて彼女の人生となる。

だから、そろそろ次へ行ってもらおうと思ったのです。

「僕からお願いです。ガングレイブさんに何かあれば、アーリウスさんが動いてください。そうすればもう二度と、こんなことにはならないと思いますから」

最後に僕が言った言葉を、アーリウスさんは自分の中で反芻（はんすう）するように、口の中で繰り返し唱え続けていた。「恋の時間は終わり……愛の時代……私も戦う……ガングレイブのために……飴（あめ）と鞭（むち）を……」という言葉が。

なんか、違うような気が、するけど、気にするのは、やめよっか。うん。

「シュリ」

「はい」

「私の責任です。いや、私にも責任があります。申し訳ありませんでした」

アーリウスさんは、僕に向かって頭を下げた。ガングレイブさんが慌てて何かを言おうとしたので、僕が手のひらを向けて止める。

ダメだ、そこでガングレイブさんが庇（かば）ったらダメなんだよ。アーリウスさんは、学ぼうとしているところなんだ。

責任や重荷は共に背負えるが、反省は自分でやらないといけないことを。

自分の力で反省しないと意味がないってことを。

反省し、同じ失敗を繰り返さないように支えることがどんなことなのかを。

だから邪魔をしてはいけないんだ。そして、アーリウスさんの今の姿は、あるいは未来の僕の姿かもしれない。

僕はリルさんと恋仲になった。いずれ、アーリウスさんと同じような失敗を犯す可能性がある。同時に、リルさんも同じ失敗を犯す可能性がある。

好きな人が一途に信頼してくれ、甘えさせてくれるというのは、愛情表現の中でわかりやすく簡単にできる、最低な行為だと。

優しい破滅。アーリウスさんはそこから戻ろうとしている。

僕も、リルさんも、ガングレイブさんも、彼女の姿を見て学ばないといけない。

この程度で済んだ失敗だからこそ、今のうちに失敗体験として二度と繰り返さないように。

「アーリウスさん。もし、もし僕が同じ状況になったら、あなたが引き戻してください。頼みました」

「ええ……引き受けましょう。私と同じ思いを、シュリにもリルにもさせません」

「はい」

二人して、微笑む。僕とアーリウスさんは、それだけでわかり合えたと。

アーリウスさんは、一皮剥けたように見える。少女から女性、そして淑女へと精神性が向上。

幼いところがあったアーリウスさんの雰囲気に、明らかな変化が生まれている。

これで良かった、そう思おう。

「それはそれとしてひっどい言葉を言われたのでこれくらいは許してくださいね！」

「え、ちょっとまぁぁあああああ!?」

と思ったのによぉ！　アーリウスさん、僕の肩を掴んで軽く電撃を流してきやがった！

いってぇ！　体に電撃を打たれるのマジで痛ぇ！　にこやかな顔だけどこめかみに青筋が浮かんでるわ、アーリウスさん!!

「いえね、私は反省したんですよ。ガングレイブを叱るべきところを疎かにしたので」

「待て。叱るってなんだ。子供を躾けるみたいな言い方はやめろ」

「だってそうじゃないですか！」

アーリウスさんがガングレイブさんの方を見て怒鳴った。

「一体全体、出立の準備中に酒を飲む王がどこの国にいるのですか!?　戦勝祈願してるわけでもない、ただの飲んべえになるとかありえないでしょう！　こんなの、子供でもわかりますよ！」

「い、いや、ソレはシュリが」

「あなたは断ることもできました！　断って準備するのが最優先事項でした！　それになんですかあの公務や工事の予定！　城の中がガタガタでどこに指示すれば動くのかもわか

らない中途半端な指示書を部下に渡したって、混乱するに決まってるでしょ！」

電撃を流しながらアーリウスさんは怒鳴り続ける。頼む、やめてくれ電撃を!!

だが、今度は図星を指されて冷静じゃなくなったらしいガングレイブさんが、顔を赤くして反論を始めてしまった。

「じゃあ俺も言うけどよ！　いちいち執務中に寄りかかり過ぎなんだよ！　集中したいのに甘えてきやがって！」

「はぁ!?　まんざらでもなかったでしょう！　私が寄りかかった後、明らかにやる気を出して早く終わらせてたじゃないですか！」

「限度があるんだよ限度が！　頭ん中の思考力をそっちに持っていかれるから、仕事が終わんなくなんだよ！　お前だって仕事しろよ仕事を！」

「私は私の、魔法の指導や領内の魔法士の存在を把握しつつ、指導や勧誘、魔法に関する決まり事、杖(つえ)や装備の管理といったものをちゃんとしてから来てますー！」

「じゃあこっちの邪魔をするな！」

「なんですって!!」

ギャアギャアと痴話喧嘩(ちわげんか)を始めてしまったガングレイブさんとアーリウスさん。弱くなったけど、電撃を流されたままの僕。動けないまま痛みで硬直する状態。

目を転じると、リルさんがクウガさんをジト目で見てた。

「で？　クウガは何か反省することないの？」

「もうないわ。シュリは取り戻せた。あの日の後悔は払拭した。一矢報（いっしむく）いた。新しい技や道を見つけた。ワイはもう腐るほど後悔して反省し終わったところやから」

「……軍の仕事は？」

「それはギングスにほぼ全部任せとるわ」

か、会話はもういいからっ。しれっと終わったみたいなクウガさんの言葉はもういいから、助けてほしい！


二分後、僕はアーリウスさんから投げ出されるように解放された。地面に倒れた僕を放っておいて、二人はそのまま肩を抱き合いながらどっかに行っちゃった。

口では互いを罵（ののし）るような喧嘩をしてるくせに、態度では惚気（のろけ）てやがる。クソが。

「うぅ……」

「あの～……いいか？　その……俺たちのことなんだが……」

電撃の痛みに苦しみながら顔を上げると、ガーンさんとアドラさんの二人がいた。

「なん、でしょう、か？」

「俺たちが反省することなんだが……」

「い、言うの？　この、状況で？」

「いや、言わないと俺たちもスッキリしないし……」

どう考えても僕の治療か介抱の方が先だと思うんだけどな……助けて。

でも、二人してつらそうな顔をしてるわけで……くそぅ。

「あの……その前に、ちょっと、介抱してほ」

「ミナフェとフィンツェが離反した。今は城の厨房を無断欠勤して、街で勝手に店を開いて商売してる」

……あっ？

「今、なんつった？」

「え？」

がば、と体を起こして立ち上がる。あちこちに痛みがあるものの、もう慣れたし徐々に治ってきている。

しかし、しかしだ。聞き捨てならない単語が出てきたような気がするのだが？　僕はガーンさんとアドラさんを睨みつけ、もう一度聞く。

「なんつったか、もう一度言え」

「ミナフェとフィンツェが無断欠勤して勝手に店を開いてる」

「……あの二人ぃ……っ!!」

怒りが溢れてくる。ギリギリと歯軋りをしながら怒りを堪える僕だったが、頭に血が上るのは止められない。

　任せたのに。ガーンさんを厨房の長として、あの二人には厨房を支えてほしかったのに。

　二人して、勝手に抜けて、ガーンさんに迷惑をかけたと？

「ちなみに……二人がいなくなった理由は？」

「その……シュリがいない今は、ここにいる理由がない、と」

「許さねぇ」

　自然と口に出た。真顔で、自然と口から出た許さないという言葉。

　ガーンさんとアドラさんの二人が怯えている。それだけ今の僕の顔は、酷いのだろう。

怒りと憎しみと失望を超えて、もはや殺意しかなくなった顔は。

　リルさんへと向き直ると、平静な顔をしたままだった。

「リルさん。二人の店は今どちらに？」

「大通りと職人街辺り。大通りはミナフェが女性向けの安価なお菓子関連の店を、職人街のフィンツェの店は職人向けの大食い定食が話題。二つの店はどちらとも値段相応で美味しく、店の切り盛りは順調だって」

「潰す」

　再び、自然と口に出た。

「店を、潰す。反省、させる。土下座、させる。二人に、謝罪させる」

「シュリ、怒りに飲まれるのはよろしくない。落ち着いて」

リルさんに背中をポンポンと撫でられ、僕は落ち着いていく。深呼吸して、しっかりと頭に酸素を回して脳みそを冷やすようにした。

何度か深呼吸を繰り返してから、僕は頭と心をスッキリさせました。

「ありがとうございます、リルさん」

「これくらいは当然」

「よし、落ち着いたところですし。ガーンさん、アドラさん」

二人に向かって声を掛けた。

「改めて、二人の店を潰しに行きましょう」

「潰すのは確定なのか!?」

「不義理には罰を、不敬には報いをっ！」

落ち着いたからこそ、落ち着いて二人の店を潰すんだよ!!


ガーンさんとアドラさんの二人に宥められ、僕はとりあえず城の厨房に向かうことにしました。

なんせ現状、ミナフェとフィンツェの二人が抜け、他の料理人はガーンさんとアドラさんを侮って仕事が大変なことになっているという。

これは、許しがたいことである！

ガーンさん、アドラさん、そしてなぜかついてくるリルさんと四人で一緒に、食堂へと入る。

勢いよく入ってきた僕たちを見て、そこにいた人たちは一瞬止まり、驚く。

「え、しゅ、シュリ？」

「戻ってきた？」

「生きてる？」

困惑した声が聞こえてくるが、ここは無視する。

次にそのまま厨房へと入り、中の様子を探る。

どうやら、仕事はしてるらしい。真面目に料理は作ってるらしい。だが、厨房の中には緩い空気が流れていた。中途半端な仕事をしてるのは、無造作に置かれている包丁から見て取れた！

並べられている料理の盛り付けには手抜きが見られ、匂いを嗅いでみれば臭みがほんの僅か残っている。料理人でなければわからないだろうが、料理人としては許せないミスだ。

「全員注目っ!!」

「は？　……て、しゅ、シュリ!?」

厨房（ちゅうぼう）にいる全員が僕の方を見て、驚愕（きょうがく）の表情を浮かべた。

「ま、まさか、死んだかと」

「いや、助けに出たって……」

「ぶ、無事に戻ってきたのかっ。良かった！」

「良くねぇ!!」

料理人たちから歓迎の声が上がるが、僕はそれを一切拒否。再び驚く料理人たちを前に、僕は皿に盛り付けられた料理……ゴロゴロ野菜と肉のスープを手に取って叫ぶ。

「この料理を作ったのは誰だ!!」

「え、ああ、そ、それは、私、です」

「野菜は大きさが均一じゃないし旨みを材料から出し切れてないから、スープの匂いと色合いが薄い!!　肉は少し生煮え!!　こんなもんを出していいと思ってんのか!!」

料理人の顔に侮辱されたと怒りが浮かんでくるが、無視！　ズンズンと厨房の先に進み、鍋の中のスープを見た。

「香辛料をぶち込んで誤魔化そうとしてるな！　ふざけんな、これは賄（まかな）いだ、お前たちが食べろ!!」

「い、いきなり帰ってきて」

「やかましい！　僕がガーンさんに任せたこと、ガーンさんの指示を聞くように言ったのに、一切合切無視してた奴に聞くつもりはない!!　ガーンさん、アドラさん！」

「お、おう」

「なんだ？」

「全っ部作り直す！　このスープは僕とみんなの賄いにする！　こんな中途半端な、緩んだ仕事は絶対に許さねぇ！　手伝ってください!!」

　シャツの袖を捲り、僕は料理に取りかかる。今日の献立はゴロゴロ野菜と肉のスープ、パンというところかっ。

　さっそく料理に取りかかる。鍋に残ってたスープと野菜と肉を食べ、瞬時に何を作ろうとしていたのかを把握するが、塩胡椒が薄い！　香辛料の中でもハーブ系を入れて香りを出そうとしたようだが失敗してる！

　食べられなくはないが、こんなものを城の人たちに平気な顔をして出すなんてどうかしてる！　僕は怒りを交えて包丁を握った。

　同時に、心の熱と手の熱が分離したかのような感覚。怒りのままに包丁を振るえば食材は傷み、それは味の劣化に直結する。

　何より、危ないし。

「何してる！　さっさとこっちへ。まずは食材の下ごしらえです、早く終わらせる！」

「あ、あの」

「こんな半端メシを出してたお前らは隅っこで固まってろ邪魔だ!!」

料理人さんが何か言ってたが、一喝して黙らせた。ガーンさんとアドラさんが戸惑った様子でこっちに来て、ジャガイモの下処理から始めることにする。

「なんだこりゃ。芽の出たジャガイモが少し混じってる！　捨てろ捨てろ、傷んでない野菜を持ってきてさっさとやる！」

「あの、こっちは」

「ガーンさんはキャベツとニンジンとタマネギ、アドラさんは肉をどんどん切って！　同じ大きさでよろしく！」

こうして僕は、いきなりだけど職場復帰をしました。三人で城の人たちの食事を作るのは大変だが、正直、なんだか、戻ってきたなぁって嬉しさが勝ってくる感じ。

ちなみにあとで食堂に来ていた人たちに聞いたところ、「シュリがいなくなってから、明らかに食堂のメシが美味しくなくなった」と聞いた。ブチ切れた。


忙しい時間が過ぎた頃。

僕は料理人さんたちを食堂に集めて床に正座させていた。

ガーンさんとアドラさんとリルさんは、僕と一緒に椅子に座っている状態。二人は居心地の悪そうな顔をしてるが、今回は触れない。

本題はそこじゃないし。

「はい、では反省会を始めまーす」

僕は間の抜けた声で、でも怒りが抑えきれないまま料理人たちを睨む。

「食堂の机にはスープの染み、床は食べこぼしがちょいちょいあって汚いままー。椅子なんて当分拭き掃除をしてないのか……ここの椅子の溝に埃がうっすらとー」

あえて嫌みな感じで言ってやる。料理人たちは何か反論したいようだけど、僕が睨んで黙らせる。実際、昼のご飯は僕がほぼ一人で作ったようなものだ。

この場にいる料理人全員とガーンさんとアドラさんが作るよりも、僕の方が作業が早く料理の質も上となれば、黙るしかない。実力が上の相手に噛みつくのは、無謀だし。

「ありえないよねぇ。食品衛生の観点からしてもー、食べに来る人たちへの敬意としてもー、食堂の体裁としてもー、ありえないよねー」

「そ、それは、その、ガーンたちに任せ」

「あ゛ぁ？　なんか言ったか？　ガーンさんたちに任せた？　料理長として後を任せたお前らの上司に、掃除を押しつけたぁ？　なんで？」

「いや、俺たちの方が、その」

「はぁ〜？　あんなスープ作って怠けてた奴らがぁ？　掃除を上司に押しつけるぅ？　何様ぁ？　どこの王様なのぉ？　ねぇねぇ〜？」

「シュリ、凄く嫌な人だよ。リル、それは好きじゃない」

「あ、ごめん」

リルさんの指摘に、ちょっと頭を冷やした。あかんあかん、ここが地球ならパワハラモラハラ案件だ。一発で労基に訴えられるかネットに晒されて社会的に死ぬ。

深呼吸を二回して、頭を冷やして言った。

「皆さんは忘れてらっしゃる。僕がガーンさんを料理長の代理に選んだ理由は、なんでしたか？　料理の腕ですか？」

僕の質問に料理人さんたちはキョトンとして、すぐに気づいて押し黙る。思い出したんだろうな、だから気まずそうな顔をする。

大きな溜め息と共に、僕は言った。

「……厨房の中の問題だけでなく、いろんな謀略からも皆さんを守りながら差配ができるのは、そういうのが察知できる仕事をしていて、さらに厨房の仕事も学んだガーンさんだからこそ。なので料理長を任せました。実際、皆さんが怠けた仕事をしたって、特にガングレイブさんから何も言われてないでしょう？　これを機にと、貴族派からの変な干渉もなかったはずです。そうですね？　ガーンさん」

みんながハッとする中で、ガーンさんは気まずそうな顔をしました。

「実は……ガングレイブからもせっつかれてたし、貴族派の介入もあった……具体的には予算だ、みんなの給金を下げる謀(はか)りごともあった」

「で、下がってない、と」

「俺が阻止した……給金が下がったらやる気が出ない、職場が元に戻るのはいつかも提示できない。あと、料理人の引き抜きの気配もあったから……阻止した。そういうことに手を回してたから……みんなには申し訳なかったが、自分には料理の腕を上げる時間が、どうしても足りなくて……すまん」

ガーンさんがみんなの前で頭を下げた。

ようやく、料理人さんたちもガーンさんが見えないところで、みんなを守るために頑張っていたことに気づいたのだろう。全員が申し訳ないって顔をしている。

だから、僕は最初に言ったんだ。

「ここは、良くも悪くも平和です。平和な場所なのです。余計な横やりでみんなが困らないように上司が動いている中で、上司の仕事の腕に不満を持って文句を言っていじめることができるくらいには」

最後に、トドメを刺してやる。

「ミナフェとフィンツェも、大方貴族派の手のひらの上で踊ってるだけだろ。そうでしょ？　ガーンさん」

「ま、まぁ……最初は、そうだ。土地と金を用意する、あんな所にいては君の腕がもったいない、だからどうだ、と……」

「で、ここにいる皆さんに勧誘が来たんでしょう？」

「ああ、店の使いという奴が来た……そいつらは本当に二人からの使者で、開いた店に来ないかと……俺が一喝して黙らせて帰らせた分、みんなの恨みを買ったんだと思う」

はぁ～、と僕は大きな溜め息をついた。

そんなこったろうと思った。そんな程度の事だろうとはわかってた。

あの二人は、良くも悪くも厨房での仕事、現場で動く方が輝く類の職人だ。

店の経営ってのは、味が良いのは大前提で他の部分で勝負、もしくは何かしらの経営センスがないとできない。前にも言った気がするな……いつだったたっけ、言ったたっけ？

なのに、唐突に店を出してるなんて、どう考えても裏があるだろうが。

「はぁ……そういうわけです。皆さん、反省してください」

最後の一言で、料理人さんたちへの叱責は終了である。これ以上は蛇足、あとはそれぞれの反省の態度とその後の改善を観察しよう。

しかし、残る問題は不義理を働いた二人だ。あの二人は、ガーンが料理長になることに反対というか難色を示していた。

僕がキチンと理由を説明したら納得した様子を見せてたんだけど……見せかけだったか、許せねぇ潰す。

「問題は二人の店だ……そういうことなので、貴族派の影響で変なことになる前に」

「シュリ。実は二人の店は、すでに貴族派の手を離れてる」

「へぇ」

唐突にリルさんからもたらされた情報で、僕はマヌケな声が出た。

え、ちょっと予想外なんですけど。どういうこと？

「え？　こう、二人を城の業務から離れさせて、ガングレイブさんの影響力を削りつつ厨房に不満を溜めてとか？」

「そんなもの、ガーンがすぐに看破して阻止した」

「ああ、貴族派とは縁を切らせた」

え？　じゃあああの店って、もう貴族派と関係ないの？　だったら、その。

「二人は自分の店を、自分の手で切り盛りして繁盛させてるってこと……!?」

「まぁそうなる。絆されて、俺がいくらか力を貸してやったせいもあって……」

「ガーンさん!!　あなたは料理長として、城の厨房で働いている人間が勝手に店を開いて無断欠勤するなどという不義理を働いた場合、全力で叱責して止める立場でしょうが!!」

「ごめんなさい!!」

ガーンさんは頭を下げて謝罪してくる。いや、謝ってほしいわけじゃないんだ。僕に謝っても仕方がないんだ。

どういうことだ、あまりにも予想外すぎる状況だ。貴族派との繋がりで店を開いたのなら、何がなんでも店を潰して貴族派と縁を切らせてこっちに呼び戻す必要があった。

フィンツェさんはエクレスさんたちに連なる血筋、末の妹だ。余計な神輿にされかねない。

ミナフェさんにしたって、オリトルの厨房で叩き込まれた料理の腕と知識がある。さらに、彼女はオリトルの宮廷料理人の孫娘だ。余計な勧誘と、そこからの縁で面倒くさくなる可能性もあった。

なのに、現状で問題なのは二人が不義理を働いているということだけ。いや、それも許しがたいことなのだが、貴族派が関わらないとなると、どうすれば……！

僕は腕を組みつつ考えて、リルさんに質問した。

「リルさん。二人の店は、本当に繁盛してますか？」

「地元の、近場の人たちに愛されるくらいには」

「潰したら問題は起きますか？」

「物理的に潰せば、一等地の人気店なので周辺住民が不満を抱く。さらに固定客がいるから、変な謀略をめぐらすと、義憤に駆られた人たちから見放される。経済的に潰すとなると、勘ぐられたらそれこそ反発される」

リルさんは、離れた席で僕が作った食事を食べながら答えていた。

くそ、手詰まりか……!?

考える。考えろ、二人の店を潰す……いや、店を潰すのはやめる。

潰すのは二人の料理人としての鼻っ柱だ。高くなりすぎたプライドをへし折って、こっちに呼び戻す。完膚なきまでに叩き潰して、反省させないといけない。

だが、二人の料理人としての腕は一級品だ。正直、今の僕で正面から競って勝てるかどうかは怪しい。拮抗、もしくは僅かに勝っている程度では、二人はおとなしく戻ってこない。

とことんまで、叩き潰さねばならない。

二人のためにも、この厨房のためにも。

何より、ガーンさんのためにも、二人を叩き潰して連れ戻す。

ここで、僕の頭に一つの考えがよぎる。かつて、テビス姫が僕とミナフェの勝負を取り仕切り、判定を下したあのときのことを。

そうか。そうだな。やりようは、ある。

今回は純粋な料理勝負で競うわけじゃない。二人とも店主としてのメンツがあるから、受けるはずがない。商売に関わることだから、無理に決まってる。僕だってあれこれもっともらしいことを言って断るだろう。

だから、ちょっと勝負の方向性を変える。

潰すべきなのは二人のメンツであって、勝敗の結果として相手よりも勝ることが目的ではない。

「リルさん」

「なに？」

「お願いがあります」

僕は椅子から立ち上がり、リルさんに向き直る。

「ミナフェとフィンツェを連れ戻すために、二人に勝つ必要があります。協力してください」

「了解」

リルさんの協力があれば百人力だ。負ける気がしない。胸に手を当てると、いつもより温かい気持ちが宿ってるのがわかる。

リルさんが助けてくれる、協力してくれる。

ならば、負ける理由はない。

「ガーンさん」

「お、おう」

「改めて任命します。あなたが料理長です。……ですが、僕の配慮が足りていませんでした。そのせいでみんなにも迷惑をかけた。厨房を取り仕切りつつ皆を外敵から守ってください。後で調理技術を教える人を任命します。その人に料理を教わり、現場のチーフとして働いてもらいます」

「チーフってなんだ？」

「それは後で説明します。次は」

ガーンさんの隣に座っているアドラさんへ目を向ける。さっきから黙っていたアドラさんだったが、僕の呼びかけでハッとして背筋を伸ばした。

「お、おう、おりゃあか？」

「はい。アドラさんは一緒に来てください」

「なんで!?」

「まぁ、問題が起こらないようにするため、かな」

こう言っちゃなんだけど、アドラさんは外見が厳(いか)ついからなぁ。地元住民とのトラブルを避けるには持ってこいだ。

リルさんと二人で行くのもいいんだけど、リルさんの外見だと最初から舐(な)められて問題が起こる可能性がある。ここは平和な日本じゃない、何が起こってもいいように対策する必要がある。

いくらテグさんが頑張ったところで、戦国時代真(ま)っ只中(ただなか)のこの世界では、治安に関して気をつけておいて損はない。考えすぎ、ということがないくらいには。

「あとは、皆さん」

　僕は料理人さんたちに目を向ける。

　全員が背筋を伸ばしていた。目にも、やる気が漲ってきている。

　どうやらガーンさんの働きは、ようやくこの場にいる全員が知るところとなって人望を得るに至ったようだ。

　……できれば、その人望は僕がいない間にガーンさんに向けてほしかったな。いまさらながら残念に思うが、仕方がない。

「ガーンさんを支えてください。そして、自分の鈍った腕を磨き直してください。厨房と食堂の掃除はきちんと、道具の整備もちゃんとすること。いいですね」

「「「はいっ！」」」

　全員から威勢の良い返事が来た。

　これで問題はない。では、これより。

「行動を開始します！　掃除と道具の整備をよろしく。ガーンさん、後は任せました」

「おう！」

　料理人さんたちとガーンさんが、ようやく互いを認め合って仕事を始めた。

「じゃあ僕たちも行きましょうか」

　リルさんとアドラさんに呼びかけて、僕たちは食堂を出る。隣についてきているアドラさんが聞いてきた。

「シュリ、まずはどこから行くんじゃ？」

「ミナフェの店から行こうと思います。大通りの店で女性を対象とした菓子店、となれば、そこまで荒れる話にはならないでしょうし」

それに、と言葉を区切った。

「今回は敵情視察です。終わればフィンツェの方にも行きます。今日は忙しいですよ、よろしく」

「任せとけぃ！」

アドラさんが手のひらを拳で打ち、気合いを入れ直す。パァンと乾いた音が鳴る。

僕も気合いを入れ直すように両頬を叩いたら、リルさんが微笑を浮かべているのに気づきました。

「どうしました、リルさん？」

「いや、うん」

リルさんは嬉しそうに言った。

「シュリが帰ってきたんだなぁって」

……あぁ、そうだなぁと。リルさんの言葉を聞いて、僕もようやく実感がわいた。

周囲を見る。

僕が帰ってきて、仲間たちに活力が戻ったことで、城の雰囲気が良くなっていました。

なんというか、明るさ調整の設定レベルが二段階上がったような。

同時に、僕もそこにいることができてるのだと、感動する。

思わず泣きそうになったが、堪えました。

「リルさん」

「うん」

「帰りました」

「おかえり」

短いやりとりだけど、これでいい。最高だ。

最高の気分のまま、僕は次なる仕事に向かうのだった。


〈『傭兵団の料理番19』へつづく〉

ヒーロー文庫

傭兵団の料理番 18

ようへいだん　りょうりばん

川井 昂

かわい　こう

2024年7月10日　第1刷発行

発行者　廣島順二

発行所　株式会社イマジカインフォス
〒101-0052 東京都千代田区神田小川町 3-3
電話／03-6273-7850（編集）

発売元　株式会社主婦の友社
〒141-0021
東京都品川区上大崎 3-1-1 目黒セントラルスクエア
電話／049-259-1236（販売）

印刷所　大日本印刷株式会社

ISBN 978-4-07-460144-8